ENFER VERT

Pour Yasmine

Maxime SABEG

Prologue

Au cours de la seconde moitié du XXIe siècle, les changements climatiques et la montée inexorable du niveau des mers obligèrent des centaines de millions de personnes à quitter leurs villes, leurs maisons et leurs champs, pour prendre le chemin de l'exil.

Le monde devint alors plus injuste et plus inégal. Tandis que les pays riches continuaient à prospérer, l'effondrement de plusieurs États défaillants en Amérique du Sud, en Afrique centrale et en Asie du Sud-Est, entraîna l'apparition des zones grises.

Dans ces vastes espaces rongés par la pauvreté, les conflits et l'insécurité, la population, livrée à elle-même, vivait dans une misère absolue, sans espoir ni ressources.

Les années 2050 virent alors la création du *World Green Party*, qui fédéra des centaines de millions de sympathisants à travers le monde, autour de son projet écologiste.

Le constat était simple : les anciens partis verts avaient failli. Des décennies d'interventions molles et d'agitations bruyantes, mais stériles n'avaient pas pu empêcher les changements climatiques qui avaient provoqué tant de souffrances et de rage aux quatre coins du globe. Plus offensif, plus actif, le *World Green Party* avait basé son programme politique sur trois piliers : l'écologie, la justice sociale et la démocratie totale.

Cependant, pour une frange minoritaire d'extrémistes, le *WGP* et son projet n'étaient pas assez agressifs. Partisans d'actes violents et constatant avec effroi et colère les bouleversements qui ravageaient notre Terre, ces fanatiques fondèrent alors la secte de l'Ordre de Gaïa. Des millions de marginaux et d'intégristes verts abandonnèrent ainsi leurs anciennes croyances afin de vénérer la déesse de la nature, personnifiée sous les traits d'une dryade vengeresse.

Gaïa était une divinité en colère, qui faisait payer à l'humanité le saccage de la planète. Les catastrophes naturelles et les cataclysmes étaient son bras armé, et seul un changement radical de mode de vie des humains pourrait l'apaiser.

C'est face à ce constat qu'en juillet 2080, les cinq leaders de l'Ordre de Gaïa décidèrent de se séparer définitivement du *WGP* et de lancer la Croisade verte. Entourés de plusieurs milliers de leurs adeptes, ils partirent fonder cinq utopies écologistes au cœur des zones grises de la planète.
En créant ces cinq *Utopia*, l'Ordre de Gaïa pourrait y appliquer son programme extrême : égalité des humains, des animaux et des plantes, contrôle démographique et mise en commun des ressources.
Les premiers régimes totalitaires verts de l'Histoire venaient de voir le jour.

Utopia 0 fut ainsi conçue en Birmanie par Midori Iizuka, une agronome, qui avec l'aide de ses camarades édifia les splendides jardins suspendus de Tavoy. *Utopia 1* fut conquise sur les rives du lac Tanganyika par les hordes de fanatiques du célèbre botaniste Ajith Seth. *Utopia 2* fut un échec, les armées de la puissante Fédération européenne empêchant Aaron Hulot et ses suivants de s'emparer des îles Féroé. Le philosophe Jean-François Bétancourt et ses adeptes réussirent quant à eux à s'implanter en Tasmanie, y établissant *Utopia 3*, un régime ouvert où humains et animaux vivaient sur un pied d'égalité, cette harmonie étant promue par des mariages et des hybridations interespèces. Enfin, l'influenceuse Jenyfer Swinton mena ses légions de fanatiques au cœur de la forêt amazonienne, où avec l'aide de tribus indigènes ils parvinrent à s'approprier la ville d'Iquitos et son territoire.
C'est dans cette *Utopia 4* que commence notre histoire…

Chapitre 1 – Les ruines d'Iquitos

Damien

– Damien, fais attention où tu mets tes mains, mon amour. Les araignées venimeuses se cachent souvent dans ce genre de trou humide.

– Ne t'inquiète pas, si j'aperçois une petite bête, je l'écrase.

– Jamais tu n'auras le courage de commettre un tel crime…

Esther avait prononcé cette dernière phrase d'une voix faible et nouée. Bien qu'elle essayât de le dissimuler, elle avait peur.

Je ne pouvais pas la laisser ainsi. Revenant sur mes pas, je la serrai tendrement dans mes bras, tentant de communiquer à son corps grelottant et fiévreux un peu de la chaleur du mien. Lorsqu'elle ne trembla plus, je saisis délicatement son visage à deux mains, plongeant mes yeux dans les siens, dans un regard qui fut plus doux et plus chaud qu'un baiser. Finalement, Esther réussit à esquisser un sourire timide, tandis que le sang affluait de nouveau vers son beau visage qui reprit sa couleur naturelle.

– Je ne suis pas assez fou pour risquer la peine de mort en écrasant un reptile ou un insecte, déclarai-je d'une voix calme. Mais nous ne pouvons pas rentrer les mains vides, sans quoi ce lèche-bottes de Lars se fera un plaisir de nous fouetter pour l'exemple. Tout le monde sait qu'il est prêt à tout pour devenir chef d'équipe. Les bourreaux ne se sont pas trompés en lui demandant de les épauler pendant les opérations de maraude dans les ruines.

– Mais Lars est notre ami, rétorqua-t-elle, nous sommes arrivés ensemble dans cet enfer.

– C'est un ambitieux. Tout ce qu'il désire, c'est gravir les échelons d'*Utopia*, quel qu'en soit le coût. Nous, au contraire, nous voulons nous enfuir à tout prix.

Nous restâmes muets un instant, nous dévisageant avec un mélange de tendresse et d'espoir. Puis, je me détachai de cette femme que j'aimais plus que tout, pour retourner fouiller la carcasse de voiture rouillée, embourbée, à l'intérieur de laquelle mes mains sondaient la glaise et la vase à la recherche d'un trésor caché.

Isolés du groupe, Esther et moi avions décidé d'explorer un autre quartier de cette ville en ruines, qui avait porté jadis le nom d'Iquitos.

Lorsque les Croisés verts de Jenyfer Swinton s'étaient enfoncés dans l'Amazonie, ils avaient réussi à s'emparer de vastes territoires de forêts tropicales à cheval entre la Colombie, le Pérou, le Venezuela et le Brésil. Aidés dans leur invasion par une coalition d'indigènes des tribus amazoniennes, ils avaient conquis Iquitos, rebaptisée Casa-Verde, la nouvelle capitale d'*Utopia 4*.

Pour des militants écologistes comme mes camarades et moi, *Utopia 4* était devenue une terre promise, un paradis, un jardin d'Éden où nous pourrions fuir les excès de nos sociétés consuméristes pour fonder une civilisation novatrice basée sur le respect de la nature et la communion avec notre planète. J'avais ainsi quitté sans hésitation la riche ville de Genève, abandonnant mon travail et mon ancienne vie, pour participer à la construction de cette utopie. Nous étions une douzaine de jeunes adultes, partis ensemble de Suisse, les yeux pleins d'espoir et de rêves…

La voie du plateau des Guyanes étant gardée par les drones de la Fédération européenne, nous dûmes transiter par Mexico City, une métropole tentaculaire dont les gigantesques buildings lancés à la conquête du ciel émergent à peine du brouillard de pollution et de sable qui étouffe la capitale de la confédération d'Amérique centrale. Bénéficiant d'un visa touristique, nous pûmes descendre le long territoire de la confédération jusqu'à la ville de Bogota.

C'est au cours de cette avant-dernière étape que je fis la connaissance d'Esther Chen. Elle aussi était en route vers *Utopia* avec un groupe d'illuminés venus de New Taipei. Le coup de foudre fut immédiat.

Quelques jours plus tard, nous nous enfoncions dans la forêt tropicale du sud de la Colombie, région dont le gouvernement s'était désengagé, faute de moyens. Le chemin avait été long et difficile, mais un beau matin, au détour d'un bras du fleuve Amazone, Casa-Verde se dressait devant nous, telle une ziggourat de terre et de fleurs…

– Esther, je crois que j'ai trouvé quelque chose ! m'écriai-je.

À demi enfoui à l'intérieur de la carcasse du véhicule, le haut du corps couvert de boue et de fange, je grattais le sol avec plus de vigueur. Ultime tentative payante, car mes doigts entrèrent en contact avec une forme rectangulaire et pleine, que je réussis finalement à sortir de sa gangue d'algues et d'argile. Les muscles endoloris par l'effort, suant à grosses gouttes, je m'assis à côté de l'ossature rouillée afin de reprendre mon souffle.

– Te voilà tout couvert de boue et de terre, me fit remarquer Esther en s'approchant de moi. Un vrai petit faune des bois !

Sans un regard pour elle, je considérai avec curiosité la longue boite que je tenais entre mes mains tremblantes. Sous la croûte d'argile, je reconnus une matière douce, agréable à toucher, comme du velours. Sur le couvercle luisait l'insigne doré d'une grande marque de luxe française que je connaissais bien.

Lorsque j'ouvris l'écrin de mes doigts hésitants, la stupeur et l'émerveillement nous firent pousser un cri. Dans nos yeux ébahis, des milliers d'étoiles se mirent à scintiller.

– C'est… c'est un collier en diamants ! bafouilla Esther, devenue livide.

– Oui, ils sont magnifiques, enchâssés dans une monture en or, répondis-je le cœur battant à tout rompre.

Depuis que j'avais quitté la riche ville de Genève, je n'avais pas eu dans les mains un objet si délicat et si précieux. Aujourd'hui, dans ce paysage de tourbière, où la vase et les algues gluantes dévoraient les ruines d'une ancienne cité, ce collier somptueux extrait de la fange brillait d'un éclat chaud et réconfortant, comme la lueur rassurante d'un phare au milieu d'une nuit de cauchemars. Cette pièce unique avait sûrement été fabriquée chez l'un des plus grands orfèvres de la place Vendôme. Comment s'était-elle retrouvée cachée dans la gangue de boue et de métal rouillé de cette voiture abandonnée, dans les décombres poisseux de cet enfer vert ? Une femme avait chéri ce bijou ; elle s'était sentie belle et désirée en le portant à son cou gracieux. Où était-elle désormais ? Avait-elle réussi à fuir ? Ou bien faisait-elle partie des cohortes d'esclaves enchaînés à *Utopia* ?

– Nous n'avons pas le choix. Nous devons apporter ce trésor au butin de la maraude d'aujourd'hui, murmurai-je avec une moue déçue. Cette pièce est magnifique. J'espère qu'elle nous donnera droit à quelques rations de racines ou de graines supplémentaires.

Mes mains cessèrent de trembler et je portai sur Esther un regard plein de chaleur et de tendresse. Malgré les privations, la faim, la saleté, la boue, les coups et la terre, Esther était une très jolie femme au corps élancé et souple. Les marques et les meurtrissures rendaient sa beauté plus touchante. Son visage, gris pâle à cause de la fatigue, formait un ovale parfait aux pommettes légèrement saillantes. Ses lèvres étaient moins charnues qu'autrefois, mais ses yeux gardaient leur éclat magnétique, se plissant comme deux adorables croissants de lune lorsqu'elle souriait. Enfin, de longs cheveux noirs aux reflets aile de corbeau, bien que couverts de terre et de feuilles, tombaient en cascades sensuelles sur le creux de ses reins.

Ses côtes étaient plus dessinées, ses os plus saillants, ses seins un peu moins pleins, mais Esther suscitait toujours en moi un désir puissant.

Tandis que nos regards brillants et ténébreux se mêlaient avec amour, j'approchai mes mains de son cou délicat et y attachai religieusement le magnifique collier que je venais de découvrir. Le contact du métal froid la fit frissonner, et mes doigts posés sur sa poitrine nue sentirent alors son cœur s'emballer. Haletante, la gorge nouée par l'émotion, Esther offrait un spectacle touchant, sa beauté ternie étant l'espace d'un instant sublimée par le scintillement hypnotique de ce bijou.

Une chaleur nouvelle affluait en moi, et sans plus attendre je liai mes lèvres aux siennes, laissant polissonner mes mains tremblantes sur le corps de la femme que j'aimais. Au milieu de cette vie d'esclavage et de souffrances, le temps s'arrêta un moment, et nous volâmes quelques minutes de bonheur suprême aux bourreaux qui nous retenaient dans cet enfer de boue.

À la fin de la journée, alors que l'obscurité commençait à dessiner des ombres étranges et grotesques sur les ruines d'Iquitos, tous les membres de notre groupe de maraudeurs se rassemblèrent pour apporter le butin amassé. Les péons, fragiles, dociles et craintifs, le dos vouté et le regard fuyant, déposaient un à un les objets ramassés sur de grandes bâches que les chefs d'équipe contrôlaient avec sévérité. Mieux nourris et plus solides, ceux-ci toisaient chacun d'eux d'un œil noir, injuriant et frappant à coups de gourdin ceux qui rapportaient une récolte insuffisante. Ces derniers s'éloignaient alors en poussant des cris plaintifs, les mains jointes dans une attitude de supplication avilissante, avant de retourner sagement rejoindre le groupe. Ce spectacle désolant me fit froncer les sourcils. Les chefs d'équipe jouaient les durs, mais tout le monde savait qu'ils n'étaient que d'anciens esclaves-péons, dont la barbarie et l'amoralité leur avaient permis de s'élever un peu dans la pyramide sociale d'*Utopia*. Plus loin, perchés sur des monticules de gravats tapissés de boues et d'algues, les guerriers Yanomami de notre escorte, silencieux, regardaient cette scène avec détachement et mépris. Eux, c'étaient de véritables brutes sanguinaires et cruelles. Et même ces parvenus de chefs d'équipe en avaient une frayeur monstre.

– Et toi, Damien ? Que rapportes-tu de tes maraudes ? hurla l'un d'eux.

Sans dire un mot, je déposai le collier de diamants au milieu des ustensiles couverts de fange que les autres avaient glanés.

Aussitôt, tous poussèrent un cri de stupeur, la surprise imprimant sur leurs visages des expressions grotesques. Esther se rapprocha de moi, tandis que tous les esclaves nous regardaient avec fascination et jalousie.

– Où… où avez-vous trouvé ça ? bafouilla un des chefs d'équipe.

– Dans la carcasse d'une voiture, à un kilomètre au nord, répondis-je calmement.

Me toisant avec un mélange d'admiration et de méfiance, il ramassa le collier d'une main tremblante et le scruta sous toutes les coutures, d'un œil luisant de convoitise. Une fois son travail d'inspection terminé, il rangea le bijou dans la poche de son pagne et déclara d'une voix mal assurée :

– Votre contribution au trésor de Gaïa sera récompensée. Vous obtiendrez une double ration de nourriture cette semaine. Allez ! Retournez avec les autres, nous rentrons à Casa-Verde.

Échangeant un regard complice, nous rejoignîmes le troupeau des péons, qui nous dévisageaient silencieusement avec jalousie.

Escortés par les chefs d'équipe et les guerriers Yanomami, nous nous mîmes en route vers Casa-Verde, notre prison. Sans dire un mot, Esther à mes côtés, je considérais avec pitié et dégoût les péons qui marchaient autour de nous. Ces hommes et ces femmes maigres, sales et hirsutes, presque nus excepté leurs pagnes de mousses et de feuilles mortes, les corps striés de coups et de meurtrissures, avaient des visages blêmes et malades, au milieu desquels leurs yeux éteints semblaient privés de toute vie. Brisés par leurs conditions d'esclavage, ces personnes n'étaient plus que des animaux abêtis et serviles, des créatures craintives qui, chaque matin, espéraient survivre un jour de plus dans cet enfer tropical. Ceux qui avaient encore la capacité de penser se souvenaient avec amertume que – pour la plupart – ils avaient choisi volontairement de rejoindre cette utopie, qui promettait à tous les écologistes la création d'un paradis terrestre, où l'homme vivrait en communion avec la nature. Cette amertume et le poids de ce choix terrible les rongeaient tel de l'acide.

Dès notre arrivée à *Utopia 4*, nous comprîmes que nous venions d'entrer en enfer. *Utopia* était une dictature, un régime totalitaire extrêmement brutal qui avait placé sous son joug tous les territoires situés entre la cordillère des Andes et l'ouest de l'Amazonie. La population autochtone ou immigrée avait été transformée en une cohorte d'esclaves dociles utilisés sur les chantiers de préservation de la forêt tropicale ou dans les champs de chanvre, de tabac et de coca. Dans cette folie verte, les péons n'avaient le droit de se nourrir que d'herbes, de graines, de racines et de fruits pourris tombés des arbres. Ainsi, des milliers d'entre eux mouraient de malnutrition et de maladie, lorsque ce n'était pas de la morsure froide et impitoyable d'une araignée venimeuse. La chasse, la pêche et la cueillette étaient considérées comme des crimes contre la nature et conduisaient au même sort.

Lorsque les Croisés de Jenyfer Swinton s'étaient emparés d'Iquitos, ils avaient décidé de la purifier en laissant la nature balayer toute trace de civilisation. Grâce à des travaux titanesques qui avaient coûté la vie à des centaines de péons, une partie des cours de l'Amazone et du Rio Nanay avait été détournée afin d'inonder toute la cité d'Iquitos, la noyant sous un torrent d'eau boueuse. La vieille ville avait ainsi été transformée en une tourbière nauséabonde où les ruines submergées de l'ancienne cité pourrissaient lentement dans la vase puante, la rouille, l'argile et les algues. Un mur avait été érigé pour la séparer de la nouvelle Casa-Verde, bâtie sur de vastes plaines humides situées dans la boucle de l'Amazone. C'est ici, entre le large fleuve et les marais de la vieille ville, que s'étiraient les habitations et les masures de notre capitale.

À l'extrémité de cette parcelle de terre, telle une presqu'île coincée entre les marécages et le coude que formait le fleuve, se dressait la Ville-Haute, avec ses greniers, les demeures de l'élite construites en briques d'argile, et surtout la Ziggourat, un édifice massif composé de sept terrasses rectangulaires recouvertes d'arbres tropicaux et de plantes grimpantes empilées en retrait les unes par rapport aux autres.

Au sommet de cet escalier trônait la coupole de basalte du temple de Gaïa. Devant cet édifice majestueux, la Grande Place, cernée de greniers et d'entrepôts, était le lieu de tous les évènements qui rythmaient la vie de Casa-Verde. De cette place partait une unique voie de terre battue, de part et d'autre de laquelle s'élevaient les quartiers d'habitation : tout d'abord les huttes en bois des guerriers Yanomami et des chefs d'équipe, simples, mais propres et bien alignées ; puis le chaos des mansardes des péons, un gigantesque bidonville de cabanes précaires construites avec des enchevêtrements fragiles de branchages, de bois mort, de terre et de larges feuilles. C'est dans ces taudis insalubres et puants que vivaient les esclaves d'*Utopia*, dormant à même le sol humide, à la merci de la pluie, du vent et des insectes qui rampent, mordent et piquent. Au-delà de ce bidonville, dans les champs verts luxuriants, prospéraient le tabac, le chanvre, le pavot, et le cannabis.

– Dispersez-vous et allez chercher votre ration du jour dans les greniers ! nous cria un des chefs d'équipe lorsque nous atteignîmes les premières mansardes de notre cité. Ceux qui n'ont pas rapporté un butin suffisant devront se contenter d'un quart de portion.

Au sein de notre groupe, des expressions déçues et impuissantes se peignirent sur de nombreux visages. Puis tout le monde s'éloigna en silence, fatigué et abattu. Cette nuit, sur le sol de terre crue, sous les branchages perméables de nos huttes, le ventre tordu par la faim, beaucoup ne trouveraient pas le sommeil, alors que les créatures et les insectes rôderaient dans l'obscurité d'encre.

Chapitre 2 – La promotion

Lars

– Les règles sont simples, les transgresser revient à se ranger en dehors de la communauté, où la vie n'existe pas. Celui qui enfreint ces règles mérite donc la mort.

Debout au milieu de la place centrale, le prêtre de Gaïa était terrifiant. Très grand, son corps élancé était drapé dans une toge pourpre, tenue à la taille par une ceinture de corde tressée. Ses bras longs et noueux comme des ceps de vigne étaient striés d'un réseau de veines et de tendons saillants, recouverts d'effrayants tatouages tribaux. Son visage dur, aux pommettes marquées, était peint avec de l'onoto, une teinture végétale rouge vif. Une tiare gigantesque faite de joncs et de feuilles de palme formait un large éventail au-dessus de sa tête.

– Celui qui a tué doit mourir, telles sont nos lois, telle est la parole de Gaïa. Seul le sang versé peut féconder la terre et réparer le mal qui a été commis, continua-t-il d'une voix forte et puissante, une expression féroce crispant ses traits dans une grimace terrible.

Tout le peuple de Casa-Verde était là, rassemblé autour de la place principale de notre cité, dans l'ombre majestueuse de notre Ziggourat. Hommes, femmes, enfants, les milliers d'esclaves et de péons misérables presque nus, les élites aux toges colorées, les guerriers Yanomami et leurs peintures corporelles criardes, les notables et les parvenus, tous étaient plongés dans un silence religieux, le cœur battant, une poigne de glace serrant leurs tripes, guettant avec un mélange d'angoisse, de curiosité et de voyeurisme malsains les gestes et les paroles du prêtre de Gaïa.

Celui-ci leva les bras vers le ciel en signe d'adoration, le visage baigné d'une lumière aveuglante :

– Implorons Gaïa pour que le sang de ce criminel que nous allons verser en offrande puisse racheter sa faute, clama-t-il d'une voix exaltée. Prions pour que ce sang soit accepté et fasse germer les graines d'une multitude de vies nouvelles. Nourrissons la terre qui nous a tout donné et rendons justice, au nom de Gaïa.

Plongé un instant dans son extase, le prêtre se tourna finalement vers moi.

Je me trouvais là, debout au milieu de cette place, face à cet homme de foi, sous les yeux de milliers de mes frères et sœurs. Si j'avais dirigé mon visage vers la foule compacte concentrée autour de moi, j'aurais pu croiser leurs yeux effrayés, jaloux, dégoûtés, désapprobateurs, méprisants, craintifs… chacun d'eux aurait essayé de me faire comprendre les sentiments qu'il entretenait à mon égard – mauvais et fielleux pour la plupart – et cela m'aurait profondément perturbé.

Mais j'avais décidé d'ignorer ces regards, les remarques silencieuses et les opinions muettes des habitants de Casa-Verde devant lesquels je m'offrais en spectacle. Debout, face à l'un des personnages les plus influents de notre société, je m'appliquais à réaliser parfaitement, sans aucune fausse note, ce qu'on espérait de moi. Cette occasion représentait ma seule et unique chance de pouvoir m'élever de ma condition de péon pour accéder à l'étage supérieur de notre pyramide sociale. Ainsi, toutes mes pensées et toute mon énergie étaient concentrées vers mon objectif, et j'attendais silencieusement que le prêtre de Gaïa me donne le signal.

– Que le sang coule ! s'écria-t-il subitement en levant à nouveau les bras vers le ciel, arquant son corps dans une posture cambrée.

Sans dire un mot, je posai mon regard sur le jeune homme fragile et malingre qui était agenouillé devant moi, solidement attaché avec des cordes épaisses. Les épaules voutées, la tête basse, recroquevillé dans une attitude piteuse et craintive, il tremblait. Il avait peur. Il était même plongé dans un état profond de terreur et d'angoisse, la respiration haletante. Mais, par contrition ou peut-être un dernier sursaut de dignité, il ne pleurait ni ne gémissait. En silence, prostré, il attendait simplement que ce cauchemar touche à sa fin.

N'importe qui aurait eu pitié de cette créature nue, désemparée, livrée à la panique des ultimes instants. Mais je ne pouvais pas. Ce jeune homme, car il avait faim, avait tué un cochon sauvage et s'était repu de sa chair. Et dans une société où les humains et les animaux étaient considérés sur un pied d'égalité, cet acte ignoble devait être puni de mort.

« Acte ignoble ». Des milliards d'êtres humains avant lui avaient commis les mêmes crimes pour manger : chasser, pêcher, cueillir ; depuis nos lointaines origines primitives, l'homme a cherché à diversifier son alimentation afin de devenir plus fort, plus solide, et de garder sa place au sommet de la chaîne alimentaire. Les animaux eux-mêmes se massacraient copieusement les uns les autres pour se nourrir et survivre. Telles étaient les lois de la nature depuis toujours.

Mais les règles étranges du régime dictatorial dans lequel nous vivions avaient limité notre nourriture aux choses mortes : des fruits tombés des arbres, des graines, des racines. Ces lois ineptes, bien que décidées pour protéger la nature, allaient parfaitement à l'encontre de millions d'années d'évolution. Et punir un homme pour les avoir transgressées était injuste, le tuer parce qu'il avait mangé un peu de viande n'était pas bien. Je le savais, je l'avais compris dès mes premières semaines passées à Casa-Verde. Mais je n'avais pas le choix. Je devais mettre ma morale et mon sens de la justice de côté et accepter de frapper cet homme innocent. Sa mort me permettrait de m'élever.

Heureusement, la chose fut plus facile que je ne le pensais. Agenouillé, il me tournait le dos, m'empêchant de croiser son regard.

Porté par un sursaut d'adrénaline, sans hésitation, d'un geste rapide, sec et assuré, je plongeai mon couteau dans la nuque du condamné. La lame s'enfonça nettement et presque sans résistance ni éclaboussures. La victime n'eut même pas le temps de pousser un cri de douleur ; son corps entier se contracta comme un seul bloc et s'écroula dans un bruit mat. Un mince filet de sang noir commençait à dessiner une flaque sur le sol de pierre.

– Justice a été rendue ! Gloire à Gaïa ! s'écria le prêtre dans un hurlement d'extase.

– Gloire à Gaïa ! reprit docilement et sans entrain la foule des spectateurs.

Debout, haletant, ma main toujours crispée sur la garde ensanglantée de mon couteau, j'osai enfin lever timidement les yeux, et je croisai immédiatement les regards désapprobateurs et écœurés de mes deux anciens amis, Damien et Esther. Plus que de la colère ou du dégoût, à cet instant, ce que je lus en eux était plus fort : j'y décelai une volonté farouche, forte et défiante. Alors que j'avais fait le choix de m'élever dans la hiérarchie d'*Utopia*, quel qu'en soit le coût moral, ces deux-là mettraient toute leur énergie à s'enfuir de Casa-Verde.

***

Leyla

– Me voilà, grand-père. Tu voulais t'entretenir avec moi ?

Le vieil homme maigre et noueux était allongé sur un lit végétal, composé d'un mélange complexe et inextricable de mousse et de branchages. À son habitude, il portait la toge pourpre des grands prêtres de Gaïa, une haute tiare de feuilles et de fleurs colorées trônant au-dessus de son visage hirsute et émacié. En apparence faible et fragile, il n'était rien de moins qu'un des trente prêtres fondateurs de la Croisade verte, qui avait permis la conquête de vastes espaces amazoniens aux dépens des États déliquescents de la région.

– Approche, ma petite-fille, sors de la pénombre et viens me rejoindre.

La chambre était petite et sombre. Les murs en pierre grise étaient recouverts de lierre grimpant, tandis que le sol tapissé d'algues et de mousses offrait une caresse douce et moelleuse. D'étroites fenêtres diffusaient une lumière blafarde qui peinait à dissiper l'atmosphère humide et oppressante de cet endroit.

– Je vois que ton bol est vide grand-père, laisse-moi le remplir. Tu dois avoir soif.

Le vieil homme esquissa un sourire chaleureux qui crevassa son visage anguleux et buriné de dizaines de rides profondes. Décrochant une outre suspendue au plafond, je lui versai une large rasade d'eau fraiche qui sembla se transformer en sang au contact de l'argile rouge.

– Merci, mon enfant, prononça-t-il après avoir bu une grande gorgée, tu as toujours su prendre soin de ton grand-père.

– Tu as toujours su prendre soin de moi, répliquai-je tendrement, posant ma main sur la sienne. Après la mort de mes parents, rappelés par Gaïa au cours des combats menés aux côtés des peuples indigènes d'Amazonie contre les milices brésiliennes, tu m'as élevée avec amour, dans la plus pure tradition de notre ordre et de notre civilisation. Pour ça, je te serai éternellement reconnaissante.

– Leyla, ma douce Leyla, susurra-t-il en me caressant la joue. Tes parents auraient été tellement fiers de voir la jeune femme belle et forte que tu es devenue. Leur sacrifice et celui de tant d'autres ont permis un miracle. Après la submersion de ses zones littorales, le gouvernement du Brésil a rapatrié l'essentiel de ses activités économiques et de sa population dans la grande mégapole de Brasilia. De là, des millions de réfugiés climatiques sont partis à l'assaut de l'Amazonie, avides d'en accaparer les ressources et les richesses, renversant et chamboulant tout dans leur invasion. Si nous n'avions pas mené cette guerre, rien n'aurait pu être sauvé, et la totalité de la forêt aurait été transformée en de vastes espaces agricoles et industriels. Les arbres, les marais et les mangroves auraient été brûlés afin de fertiliser les champs. Tant de créatures innocentes de Gaïa auraient péri.

– Cette guerre était essentielle, ajoutai-je d'une voix ferme, le regard noir et les sourcils froncés. Le sang de mes parents et de tant d'autres s'est mêlé à la terre et à l'humidité de cette jungle, nourrissant le sol et permettant l'éclosion d'une vie nouvelle. Notre vaste territoire et ses frontières sont maintenant respectés de nos voisins. Au nord-ouest, la confédération d'Amérique centrale a les yeux tournés vers les Caraïbes. Au nord-est, la Fédération européenne ne nous attaque pas, tant que nous ne faisons rien contre elle. Même si la frontière est close, ses marginaux et ses asociaux continuent d'affluer vers nos terres. À l'ouest, les *Sankoku* (三国) n'ont que faire de nous et se concentrent sur la domination de la côte Pacifique. Enfin au sud, après des années d'embuscades, de raids, de rapts et de guérillas féroces, la tension avec le Brésil semble retomber, et nous n'avons plus eu d'incidents graves depuis plus de dix ans. Nul ne remet plus en cause notre civilisation et notre droit de vivre.

– Il y aura toujours un ennemi à affronter, tempéra le vieil homme. Certes, il y a peu de chance que les *Sankoku* ou la Fédération européenne nous envoient leurs drones tueurs. Et il est vrai que des années de guerre avec les gouvernements du Brésil et de la confédération ont lassé nos adversaires et les ont poussés à se désengager de ces territoires. Mais l'ennemi peut être intérieur.

– Mais notre civilisation est la meilleure et la plus juste ! m'écriai-je. Outre les populations locales que nous avons assimilées lors de notre conquête, des milliers d'immigrés nous ont rejoints par la suite, afin de partager notre rêve de communion parfaite avec la nature.

– De nombreux habitants qui n'ont pas pu fuir se sont retrouvés piégés dans une civilisation qu'ils ne souhaitaient pas construire avec nous, répliqua-t-il. Aussi, beaucoup d'immigrés venus sur notre terre promise ont déchanté. Croyant atteindre un paradis, ils réalisent être coincés dans un enfer. Mais nous ne pouvons pas les autoriser à le quitter, retourner à leurs anciennes existences, vers cette civilisation mercantile et industrielle où ils feraient à nouveau tant de mal à la nature.

– Nous ne devons laisser partir personne ! m'écriai-je sur un ton implacable. Ils retrouveraient rapidement leurs comportements barbares. Ils tueraient des êtres vivants pour leur confort personnel, sans respect ni reconnaissance pour la nature. Je préfèrerais les massacrer de mes propres mains plutôt que de céder.

– C'est exact. La vie ici est difficile, mais elle est la plus juste qui soit. Nous devons les convaincre et les assimiler. Mais aussi châtier ceux qui ne peuvent être convertis.

– Tu sais que ce n'est pas un problème pour moi. Je tuerais sans hésitation, au nom de Gaïa.

Devant mon visage grave et fermé, mon regard sombre, ma détermination et mes certitudes, mon grand-père sourit avec un air d'infinie tendresse.

– Face à cet ennemi intérieur, il est important que nous nous reposions sur les castes les plus sûres : les Croisés de la première heure et les indigènes d'Amazonie. Nous devons tisser et renforcer nos alliances, comme le préconise notre fondatrice Jenyfer Swinton.

– Je crois deviner où tu veux en venir…

– Tu es en âge de te marier, et Tayel est un des plus valeureux et des plus grands officiers des guerriers indigènes.

– Et comme tous les Yanomami, il est brutal, violent et complètement drogué par les feuilles de coca, rétorquai-je d'un ton de défi.

– C'est surtout un soldat fanatisé, qui sait se montrer cruel et impitoyable envers les péons. Avec quelqu'un de puissant comme lui à tes côtés, tu serais invincible. Il te désire beaucoup. Il m'a d'ailleurs demandé ta main.

J'ouvris de grands yeux surpris, et marquai un temps d'hésitation. Puis je décidai de me ressaisir afin de n'exprimer aucun signe de faiblesse à mon grand-père.

– J'admets sa force brute et son fanatisme, déclarai-je d'une voix assurée, et je sais la chance formidable que ce serait d'avoir cet homme solide avec moi. Cependant, je suis encore jeune, et j'ai besoin de me fortifier, de même que je souhaite éprouver son amour et son attirance pour moi. S'il me désire, il doit me mériter et m'attendre.

Mon grand-père sourit, amusé, et ricana tendrement :

– Je reconnais bien là ta détermination et ton entêtement. Je suis d'accord avec toi. Inutile de presser les choses. Tu es une jeune femme belle et forte. Tu aimes notre civilisation plus que tout et tu veux la défendre autrement qu'en étant le ventre reproducteur d'un grand guerrier Yanomami. Il est donc temps que tu deviennes toi aussi une grande guerrière.

Mes yeux s'illuminèrent de milliers d'étoiles, tandis qu'une douce chaleur et des picotements agréables commencèrent à monter en moi. Mon cœur cessa de battre et l'excitation bloqua mon souffle :

– Tu veux dire que…

– C'est exact. Jenyfer Swinton a décidé de t'intégrer à la Brigade des Amazones. Tu apprendras à devenir une grande guerrière de Gaïa. Et à l'issue de ton entraînement, tu seras une femme forte, puissante et reconnue, qui formera un couple idéal avec le plus grand des guerriers Yanomami.

Sans hésiter, dans une explosion de joie et de gratitude, je me jetai au cou de mon grand-père qui chancela un peu sous le choc, en éclatant de rire. Serrant son buste maigre dans mes bras, mon corps lové contre le sien, ma tête tendrement posée dans le creux saillant de son épaule, je couvris sa joue de baisers, comme une petite fille débordant d'amour pour son papi. J'étais heureuse, j'allais enfin pouvoir devenir une amazone, une gardienne respectée de notre brillante civilisation.

***

Lars

Une nuit noire était tombée sur la forêt et ses mystères. Une brume vaporeuse et humide commençait à s'élever au-dessus des marais, étirant ses longs doigts blancs tels de légères écharpes de coton. Une fois que la lune fut bien haute et bien scintillante dans le vaste ciel constellé d'étoiles, une vie nouvelle sembla émerger des herbes, des terriers, des roseaux, des arbres et des eaux. Cette vie nocturne recouvrit la forêt de ses chants, cris, frétillements, bruissements, coassements et frottements ; insectes, reptiles, mammifères et autres créatures tapies dans l'ombre s'affairant dans un grouillement inquiétant.

Debout sur une des terrasses les plus élevées de la Ziggourat, un verre de jus de canne dans la main, je dominais du regard l'enchevêtrement inextricable, grotesque et sale des huttes des péons. Là-bas, dans l'obscurité et la misère, blottis sur le sol fangeux et froid, ils étaient des milliers à grelotter de fièvre et de faim, serrant entre leurs bras secs et noueux leurs estomacs atrophiés par les privations. Livrés à la merci de la moindre créature sournoise ou du plus petit insecte venimeux, ils pleuraient en silence, priant pour qu'aucune bête ne vienne les piquer pendant leur repos.

Dans mon dos, les notes exotiques, les chants lancinants, les éclats de rire et les discussions animées de la soirée se mélangeaient et berçaient mon oreille d'une mélopée décadente. Sur cette terrasse recouverte de plantes tropicales et de mousse humide, l'élite de Casa-Verde s'amusait et prenait du plaisir, surplombant avec dédain et indifférence, depuis sa tour végétale, la misère et la douleur des bidonvilles dans lesquels croupissaient quatre-vingts pour cent des habitants de notre cité utopique.

Contemplant la succession des taudis et des masures que la nuit noire engloutissait peu à peu dans son ventre moite, je ne pus m'empêcher d'esquisser un sourire de mépris et d'autosatisfaction. J'y étais, j'avais réussi. Il y a encore quelques heures, je faisais partie de ce peuple misérable de péons, trois cent soixante mille esclaves dociles enchaînés au bon vouloir de Gaïa.

Au-dessus de ces hordes de loqueteux, trente mille chefs d'équipe et bourreaux faisaient régner d'une main de fer la discipline et l'ordre, à coups de gourdin et de fouet. Depuis quelques heures, j'étais devenu l'un d'eux.

Au-dessus de nous se trouvaient les trente mille guerriers Yanomami, les membres des tribus indigènes, habitants des bois depuis la nuit des temps, qui s'étaient alliés aux Croisés verts dans leur conquête d'Iquitos. Ces hommes et ces femmes à la peau cuivrée, dotés de corps athlétiques, secs et musclés, avaient tous l'air fier et hautain, les pommettes saillantes, des yeux noirs en amande dans lesquels brillait une étincelle cruelle. Ces guerriers Yanomami connaissaient les profondeurs et les mystères de la forêt tropicale, cultivant depuis des millénaires sur des parcelles humides le manioc, le maïs, la banane plantain, la papaye et la canne à sucre. Le corps et le visage peints de lignes géométriques brunes, des scarifications et des piercings gigantesques qui pendaient à leurs nez et à leurs lèvres achevaient de leur donner une allure terrifiante. Les guerriers Yanomami étaient en effet impitoyables, violents et cruels. Menacés d'extinction par les assauts du monde moderne, ils avaient mené une ultime bataille pour la survie aux côtés des membres de l'Ordre de Gaïa afin de préserver les espaces sauvages sur lesquels ils vivaient depuis toujours. Abusant du tabac et de plantes psychotropes magiques, ces guerriers froids et sanguinaires ne montraient jamais ni émotion ni pitié. Seule la sauvegarde de la nature comptait à leurs yeux, même s'il fallait pour cela punir, torturer ou tuer leurs semblables.

Plus haut dans la pyramide siégeaient les trois mille cadres qui permettaient à notre société de tourner : agronomes, démographes, planificateurs, novices du temple, sylviculteurs, vétérinaires, astrologues, guérisseurs, botanistes, gardes forestiers, généticiens, artistes, zoologistes, composteurs, horticulteurs, exécuteurs, navigateurs, archéologues, archivistes, chimistes ; ils étaient les cerveaux et l'élite intellectuelle de notre univers.

Enfin, au sommet, les trente prêtres de Gaïa, avec à leur tête la matriarche Jenyfer Swinton, fondatrice d'*Utopia*, faisaient le lien entre la déesse de la nature et nous.

– Tu es le dénommé Lars, n'est-ce pas ? susurra une voix douce et sensuelle derrière moi.

Sorti subitement de ma rêverie, je me retournai en sursautant.

Une jeune femme élancée à la peau brune se tenait devant moi. De grands yeux verts, humides et vénéneux, scintillaient sur son visage anguleux, et une longue crinière auburn tombait en vagues lourdes et denses sur ses épaules rondes. L'inconnue n'avait pour tout habit qu'un simple pagne rouge, ce qui me permit d'apprécier les formes harmonieuses, musclées et souples de son corps de chasseresse. Un parfum de sensualité et de langueur émanait de cette jeune femme, qui me dévorait du regard avec un sourire équivoque.

– Oui, c'est bien moi, bredouillai-je, un peu confus par tant de beauté.

– Je m'appelle Artémis, Artémis Swinton, murmura-t-elle.

– Artémis Swinton ! La fille de… prononçai-je, hébété, le souffle coupé par la surprise.

Une douleur intense saisit mon ventre et ma poitrine, comme si quelqu'un venait de m'assener un terrible coup de poing. Le choc me fit suffoquer et je laissai mes pensées se brouiller encore plus. Cette jeune femme n'était rien de moins que la fille ainée de Jenyfer Swinton, l'héritière de notre matriarche bien-aimée !

Ma réaction et mon trouble déclenchèrent chez elle un délicieux éclat de rire cristallin, et ses dents de nacre scintillèrent dans la semi-obscurité. Elle posa une main douce et apaisante sur mon épaule.

– Ni gêne ni révérence, déclara-t-elle, amusée, faisons les choses simplement. Mon fiancé, Bororo, le chef des guerriers Yanomami, est encore écroulé sur une natte, ivre de tabac et d'alcool de canne, et je n'ai plus envie de faire la discussion aux ingénieurs qui m'assomment avec leurs projets et programmes multiples.
– En quoi puis-je t'être utile ? bafouillai-je en essayant de retrouver un peu de contenance.
– Aujourd'hui, tu fais partie des quarante héros que nous célébrons par cette petite fête décadente. Par vos actions et par votre bravoure, vous avez mérité de vous extraire de la masse des péons pour vous rapprocher du sommet. Qu'est-ce que cela te fait d'être devenu un bourreau ?
– Je suis heureux et fier. Il faut des cadres pour mener les péons d'une main de fer ; la survie de notre civilisation en dépend.
Artémis esquissa un sourire amusé :
– Tu réponds bien, comme un petit soldat – sans prévenir, elle s'avança vers moi, approchant son visage du mien. Nos corps étaient presque collés. Je sentis une chaleur douce et agréable affluer dans mon bas-ventre – mais l'homme qui a su faire preuve de courage, ou d'ambition, pour en exécuter d'autres au nom de Gaïa, qu'en pense-t-il vraiment ? demanda-t-elle sur un ton provocateur.
– Je n'ai pas assassiné ces hommes seulement par ambition ou machiavélisme. Si j'ai décidé de quitter la Fédération européenne et ses vices, c'est pour adhérer au projet d'une civilisation idéale, qui respecte harmonieusement la nature. Je suis ici chez moi, et je compte bien engager toute ma personne dans ce projet. S'il le faut, je tuerai à nouveau pour Gaïa, je serai même prêt à mourir pour Gaïa, et mon cadavre viendra nourrir le sol gras et fertile de la forêt. Dans tous les cas, ma vie aura une utilité.
Artémis, ses yeux plongés dans les miens, me scrutait d'un regard plus profond et plus sensuel qu'un baiser. Un sourire amusé illuminait son beau visage d'amazone.
Sans dire un mot, comme si c'était tout naturel, elle finit par coller son corps au mien. Je sentis sur mon torse la douceur et l'onctuosité de sa poitrine nue. Ses longs bras fins étreignirent mon dos et me serrèrent avec vigueur. Osant enfin toucher cette créature redoutable, je posai mes mains dans le creux de ses reins, laissant polissonner mes doigts sur la courbe sensuelle de son échine, et je pressai mes jambes contre les siennes.

– Lars, tu es beau, tu es ambitieux, tu aimes Gaïa avec passion et fanatisme, susurra-t-elle au milieu de nos caresses suaves et de nos baisers humides. Depuis que tu as montré ton courage, le jour où tu te tenais droit et fier, les pieds campés dans la mare de sang de ta première victime, je te désire. Prends-moi sur cette terrasse. Là-bas, la fête n'est que musique langoureuse et décadence grotesque. Personne ne fera attention à nous.

Mon cœur battant à tout rompre, au moment où j'allais l'embrasser à nouveau avec fougue, une pensée éclair et lucide traversa mon esprit : étais-je vraiment convaincu que la civilisation d'*Utopia* était la meilleure ? Non, mille fois, non. Comme beaucoup, j'imaginais trouver ici un camp de vacances écologiste, et j'avais atterri en enfer. Approuvais-je les règles et les crimes de cette société ? Non, cela me semblait grotesque, mais la mort des autres me laissait indifférent. Ce qui importait, c'était ma survie dans cet univers absurde. Étais-je prêt à mettre de côté ma morale et mon jugement pour m'élever jusqu'au sommet de cette pyramide de lierre ? Oui, mille fois, oui. Et dans cette optique, devenir l'amant de la fille chérie de notre matriarche serait certainement un avantage. Puisqu'elle me désirait, ce soir je la ferai suffoquer de plaisir, afin qu'Artémis Swinton ne puisse plus jamais se passer de moi.

Chapitre 3 – La fuite

Damien

– Bienvenue à toutes et à tous ! Nous sommes ravis de vous accueillir à *Utopia* ! Vous avez effectué un long et périlleux voyage afin d'atteindre notre paradis, et pour cela vous méritez toutes nos félicitations !

Les bras ouverts en un geste chaleureux, le visage illuminé d'un sourire enthousiaste, les yeux pétillants, le prêtre s'était avancé à la rencontre du groupe de jeunes gens qui venaient de débarquer sur une plage de la Ville-Haute, là où le large fleuve formait une boucle.

– Esther, regarde ! m'écriai-je en pointant la scène du doigt.

Courbée sous un énorme sac de jute rempli à ras bord de graines de chanvre, Esther s'arrêta net. Chancelante, ahanant, elle déposa maladroitement son fardeau sur le sol humide.

Étourdie, rouge et luisante, elle se redressa lentement, chaque centimètre de son corps semblant exprimer une douleur aigüe.

– Qu'il y a-t-il chéri ? souffla-t-elle difficilement en essuyant d'un geste las la sueur et la crasse qui inondaient son beau visage.

– Regarde, un nouveau groupe vient d'arriver par le fleuve.

Esther s'avança doucement à mes côtés, et considéra d'un air triste et compatissant la scène qui se déroulait au bord de l'eau.

– Les pauvres, murmura-t-elle, le cœur serré par l'émotion, ils ont traversé mille périls pour rejoindre ce qu'ils pensaient être un paradis vert, et ils commencent déjà à comprendre qu'ils ont commis la plus grosse erreur de toute leur vie.

En effet, le prêtre, vêtu de sa toge pourpre, allait à la rencontre de la douzaine de jeunes gens qui descendaient timidement de leur pirogue. Ils étaient tous en excellente santé, frais et beaux, bien nourris et bien soignés. Leurs traits fins et racés, leurs immenses yeux clairs, leurs cheveux blond-châtain et leurs délicates peaux laiteuses trahissaient leurs origines slaves. Les femmes, élancées, étaient de véritables poupées de porcelaine ; les hommes étaient grands et forts, comme des ouvriers d'affiches de propagande soviétique.

Du grenier d'où nous observions cette scène pathétique, nous pûmes entendre quelques bribes des échanges qui se déroulaient sur la rive boueuse du large fleuve.

Surexcité, presque fou de joie, le prêtre embrassait et cajolait chacun des membres du groupe ; cette démonstration de tendresse paraissait trop chaleureuse et trop enthousiaste pour ne pas être suspecte aux yeux des jeunes qui venaient de débarquer. D'ailleurs, tous restaient là, debout, droits et immobiles, figés dans une attitude d'expectative. Pétrifiés, silencieux, le cœur battant, ils échangeaient des regards inquiets. Leurs visages pâles étaient empreints d'une expression où le choc et la surprise cédaient progressivement la place à l'affolement et à une terreur profonde. Peu à peu se dessinaient la cruauté et l'horreur de la situation. Ils prenaient conscience du piège qui venait de se refermer sur eux.

Pleins d'enthousiasme et d'espoir, ils avaient quitté les villes froides et propres de la Novaya Russia. Ils avaient alors traversé de nombreux périls pour finalement remonter le fleuve Amazone en barque jusqu'à la cité de Casa-Verde, que les légendes urbaines et les rumeurs décrivaient comme le plus beau paradis sur terre. Toutes et tous – portés par leurs convictions politiques, leur foi de militants écologistes, adeptes fanatiques du véganisme et du respect de la nature – avaient été guidés par leur étoile à la recherche de cette terre promise, où l'homme, la femme et la nature vivaient en harmonie parfaite sous le regard tendre et bienveillant de Gaïa. Mais comme des milliers de doux rêveurs avant eux, ils avaient immédiatement déchanté, dès qu'ils avaient posé le pied sur le sol spongieux de Casa-Verde.

Le camp de vacances utopiste et vert auquel ils avaient aspiré n'était qu'un taudis infâme et puant, où des hordes d'esclaves sales et nus vivaient dans des conditions misérables, abêtis et détruits par de longues journées de travail dans les champs et les forêts. Et alors que ce prêtre surexcité les abreuvait de paroles caressantes et mielleuses, qu'ils virent ce bidonville boueux et cette population maladive, ils prirent tous conscience avec effroi qu'ils avaient commis la plus grande erreur de toute leur vie en venant dans cet enfer humide, et qu'ils allaient la payer durement.

D'ailleurs, le discours du prêtre commençait déjà à devenir plus cinglant, ce qui acheva de les plonger dans un abîme d'angoisse et de remords. Les plus fragiles d'entre eux tremblaient et versaient en silence de lourdes larmes d'impuissance et de regret.

– Notre règle principale est la suivante : après que vous avez posé le pied sur le sol de Casa-Verde, il vous est impossible de repartir, déclara-t-il d'un ton sec, ses yeux roulant d'un visage à l'autre avec une lumière cynique et cruelle. Le vieil homme semblait s'amuser de la déconfiture, de la déception et de la terreur qu'il lisait dans les regards de ces nouveaux arrivants.

– Une fois que vous avez adhéré à notre idéologie et à nos principes, nous ne pouvons pas vous laisser retourner à ces sociétés de consommation criminelles qui tuent et détruisent la vie animale et végétale de notre planète, continua-t-il d'une voix forte et ferme. Gaïa ne le tolérerait pas. Notre civilisation est un corps unique, au sein duquel les individualités et les particularismes sont gommés pour que nous tendions tous vers un seul but, la protection de cette magnifique forêt qui nous entoure et dont nous avons la charge.

Pendant qu'il parlait, une escouade de guerriers Yanomami s'avança vers le groupe. Des sourires cyniques illuminaient leurs visages terrifiants, tandis que leurs yeux noirs pétillaient d'une malice, d'un mépris et d'une cruauté intenses qui achevèrent de plonger les arrivants dans un gouffre de remords et d'angoisse. Ces créatures aux corps robustes recouverts de peintures vives et de scarifications grotesques les scrutaient avec condescendance et amusement, comme des prédateurs observant de nouvelles proies. Et alors que le prêtre continuait sa litanie sur un ton de plus en plus froid et moralisateur, les guerriers Yanomami bousculaient sans ménagement les jeunes gens afin de leur arracher leurs affaires et leurs vêtements.

– Ici, vous n'aurez le droit de posséder ni habits ni objets qui sont les fruits des sociétés industrielles et destructrices que vous avez laissées derrière vous. Vous vous contenterez des ressources de la nature, sans lui nuire. Cela vaut aussi pour votre alimentation. Tout ce qui a une âme ne peut être cueilli, mutilé ou tué. Contrevenir à cette règle entraînerait votre exécution par nos bourreaux. Nos lois sont strictes, mais la protection de la nature passe avant tout.

Toujours figés par l'horreur et l'appréhension, transformés en esclaves dociles, les nouveaux arrivants avaient déjà abandonné tout espoir et tout esprit de révolte. Ils s'étaient laissés bousculer et dépouiller sans protester. Nus, la tête basse dans une expression piteuse, ils subissaient silencieusement le cauchemar qu'ils étaient en train de vivre. Certains, tournés vers le passé avec amertume, ressassaient en boucle et regrettaient la succession de choix qui les avait amenés à se retrouver dans cet enfer. Les autres, imaginant le futur avec angoisse, essayaient de peindre le tableau effroyable de ce qu'allait être leur vie dans ce monde terrifiant.

Subitement, l'un d'eux quitta l'état général de tétanie et de soumission. Il releva la tête, un éclat d'espoir illuminant un instant ses yeux. Et comme aiguillonné par un sursaut d'instinct de survie, il bondit et s'enfuit à toute vitesse vers la barque qui était encore échouée sur la berge, ballotée doucement par le clapotis délicat de l'eau.

Au moment où il entra dans le fleuve, les bras tendus en avant, un sifflement déchira l'air, et la lance projetée par un des guerriers Yanomami vint se planter dans son dos, l'embrochant de part en part. Le jeune homme, cisaillé net dans sa course, s'effondra lourdement dans un tourbillon d'écume, sans un cri. Une large corolle pourpre s'échappait déjà de son corps inerte.

Les autres voyageurs poussèrent des hoquets de surprise et d'effroi, portant leurs mains à leurs bouches dans un geste de terreur. Les visages défaits et les yeux révulsés par la tristesse et l'horreur, beaucoup laissèrent couler des larmes amères. Autour d'eux, les guerriers Yanomami souriaient et leurs regards pétillaient de cruauté et de malice.

– Dorénavant, vous êtes ici chez vous, conclut le prêtre d'une voix neutre et détachée, que vous le vouliez ou non.

Au moment où la lance avait fendu l'air, Esther avait détourné la tête et s'était blottie dans mes bras. Sanglotant, tremblante, émue, elle resta immobile de longues minutes contre ma poitrine.

– Nous devons fuir cet endroit, murmura-t-elle d'une voix nouée, levant vers moi des yeux débordants de larmes.

Tendrement, délicatement, je saisis son visage à deux mains, comme s'il s'agissait d'un objet fragile et précieux qui risquerait de se briser à tout instant. Plongeant mon regard dans le sien, je déclarai d'un ton ferme, voulant faire la démonstration d'une sérénité et d'une assurance qui n'étaient pourtant que pure façade :

– Tentons la traversée de la jungle jusqu'à la frontière du territoire des Trois Nations. Cela devrait nous prendre une dizaine de jours de marche à travers la forêt et les collines. Avec de solides compagnons et quelques provisions d'eau et de nourriture, je pense que c'est possible.

– Tu me le promets ? souffla-t-elle d'un ton implorant, levant vers moi de grands yeux humides dans lesquels se mêlaient à la fois une tristesse profonde et un espoir fragile.

– Nous ne finirons pas dans cet enfer, déclarai-je avec fermeté. Je préfère encore périr en essayant de m'enfuir d'ici, plutôt que de vivre dans cette société détraquée.

Au moment où je prononçai ces mots courageux, la sensation d'une présence inquiétante et hostile me fit m'interrompre, et un frisson glacé parcourut mon dos et mes membres. Le silence derrière moi était angoissant. Mon cœur s'arrêta de battre, le sang quitta mon visage et une poigne glacée serra mes tripes, alors que je me retournai pour tomber nez à nez avec le regard pesant et inquisiteur d'un guerrier Yanomami silencieux. Me cramponnant à Esther comme si ma vie y était suspendue, l'espace d'un instant qui me parut durer une éternité je soutins le regard sombre, patibulaire et froid de l'indigène qui semblait fouiller mes pensées et mon âme à grands coups de machette. Mon cœur se remit à battre la chamade, tandis que la douleur se fit plus violente encore. Tétanisé, je n'arrivais pas lire dans ses yeux immobiles s'il avait entendu toute notre discussion et notre projet d'évasion. Puis, alors que je me sentais défaillir de terreur, le guerrier au corps de bronze pointa de l'index les sacs de graines de chanvre que nous avions laissés sur le sol.

Sans dire un mot, poussant intérieurement un profond soupir de soulagement de ne pas m'être retrouvé, comme tant d'autres, avec le crâne explosé d'un coup de massue, je signifiai à Esther d'un regard furtif que nous devions nous remettre au travail. Sous le poids et la menace de ces yeux noirs inquisiteurs et fous, silencieusement, docilement nous fîmes comme si de rien n'était. Si le guerrier avait entendu notre discussion, il nous aurait obligatoirement étripés sur le champ. Aujourd'hui, nous l'avions échappé belle, mais nous devrions être plus prudents.

Cette nuit-là, recroquevillé sur la terre humide et les branchages froids de notre hutte crasseuse, je ne trouvais pas le sommeil et je cogitais, tournant et retournant dans ma tête nos chances de réussite.

Le territoire des Trois Nations se situait à dix, quinze jours de marche vers l'ouest, à travers la jungle dense et touffue. Parcourir cet itinéraire ne serait pas chose aisée, la forêt étant le refuge de milliers d'animaux et d'insectes hostiles, qui depuis que l'ordre de Gaïa avait interdit leur chasse, proliféraient tout autour de nous. Chaque pas risquait de nous livrer à la morsure ou à la piqure venimeuse d'une créature tapie dans l'ombre, d'autant plus que nous n'avions que nos pagnes de chanvre et quelques outils en bois mort et en pierre pour nous protéger. Mais au bout du chemin, les territoires sud-américains des Trois Nations représentaient un havre de paix et de sécurité.

À l'époque de la submersion, le Japon, la Corée unifiée et Taiwan avaient conclu une alliance tripartite à la recherche de nouvelles terres pour des millions de leurs citoyens réfugiés climatiques. Et alors que les restes de leurs pays d'origine étaient devenus un archipel rural et sanctuarisé dévoué à la préservation de leurs cultures et de leurs civilisations, le gouvernement de Nagano avait lancé la conquête de vastes espaces sur le littoral de la Sibérie orientale, ainsi que de toute la côte du Pacifique sud-américain, de l'Équateur à la Terre de Feu. C'est sur les parcelles achetées à des gouvernements faibles et décadents que les Trois Nations avaient bâti la mégapole tentaculaire de New Tôkyô – New Taipei – New Seoul, une immense cité futuriste à la population riche et prospère. Esther avait quitté ce havre de technologie et de sciences pour partir à l'aventure à la recherche du paradis écologiste de Casa-Verde. Contournant la frontière hermétique et infranchissable qui séparait le territoire des Trois Nations des espaces contrôlés par *Utopia*, Esther était passée par la voie du nord, à Bogota, où nous nous étions rencontrés pour la première fois. Aujourd'hui, nous nous apprêtions à tenter le retour afin de fuir cet enfer. Mais nos ressources limitées ne nous permettant pas de nous lancer dans le long trajet par la voie du nord, nous devions essayer le chemin le plus direct et le plus rapide, en fonçant plein ouest à travers la jungle jusqu'à la frontière. Maintenant que l'idée avait germé dans nos têtes, elle tournait sans cesse. Ce but était devenu notre seule raison de vivre.

***

Lars

– En l'espace de quelques semaines, tu es devenu notre bourreau le plus dévoué et le plus productif, et pour cela, Lars, il est juste que tu sois récompensé.
Debout au milieu de cette salle bondée, j'avais le plus grand mal à contenir mon excitation et mes frétillements de joie. Nous étions une cinquantaine, triés avec soin, entassés dans cette pièce sombre et humide aux murs de pierre grise, recouverts de lierre et de mousse, située dans un des étages les plus hauts de la Ziggourat. Guerriers, spécialistes, prêtres de Gaïa, les personnes présentes formaient un échantillon prestigieux des castes les plus influentes de notre société. Tous, assis en cercle autour de moi, étaient vêtus de toges sombres, recouverts de bijoux et de parures primitives, des coiffures étranges et complexes surplombant leurs visages émaciés. Ils me fixaient en silence, avec un mélange de sympathie, d'admiration, de contentement, mais aussi un peu de cet air mystérieux et inquiétant des personnes qui ne dévoilent pas totalement le fond de leur pensée. Mais fier et joyeux comme je l'étais, je n'avais d'yeux que pour la splendide Artémis Swinton qui se tenait devant moi en me toisant. Son corps magnifique, souple et musclé, à la peau délicieusement cuivrée de déesse païenne, était mis en valeur par une tunique courte aux couleurs vives, tandis qu'un large collier pectoral en cristaux de crocoïte s'étalait sur son orgueilleuse poitrine. Son beau visage, encadré de sa lourde chevelure aux délicieuses odeurs de musc et de terre, rayonnait d'une terrible sensualité.
– Ton bras fort a, par douze coups, porté la justice de Gaïa, exécutant ceux qui, par leurs actes méprisables, avaient contrevenu aux lois de notre Mère. Pas une fois tu n'as tremblé ni hésité, sûr de ton devoir et de ton amour pour notre Mère, prononça-t-elle avec un enthousiasme débordant, plongeant son regard scintillant dans le mien. Pour ta fidélité, tu as mérité ta place parmi l'élite de notre société.

Autour de nous, les notables assis acquiesçaient en silence, hochant la tête et me fixant avec intérêt. Parcourant leurs visages maigres et burinés d'un regard rapide, je reconnus une tête familière : Bororo, le fiancé d'Artémis Swinton, se tenait là. Son grand corps de colosse de bronze musculeux était couvert de peintures vives, de parures et de scarifications à la fois grotesques et effrayantes. Ses traits étaient horribles : des pommettes saillantes aussi coupantes que des lames de rasoir, un front large et haut encadré par une chevelure noire huilée, une peau épaisse recouverte d'une poudre écarlate. Il ressemblait à un démon échappé de l'enfer. Mais le plus épouvantable, c'était son regard noir et profond : des yeux sans lumière, dans lesquels se lisaient la cruauté, la violence, le fanatisme et la folie du plus fort et du plus puissant des guerriers Yanomami. Tout le monde craignait Bororo, et je l'avais vu exploser le crâne d'un péon d'un seul coup de poing. Mais aujourd'hui, dans cette atmosphère de réjouissances, même Bororo le cruel me fixait avec intérêt, un sourire carnassier balafrant son faciès de tueur.

Portant à nouveau mon attention sur Artémis, je réfléchis un instant, serein, intimement persuadé que je méritais amplement l'honneur qui m'était fait. Depuis que je m'étais élevé de ma condition de péon en faisant couler le sang une première fois, et bien que je persiste à trouver cette civilisation d'*Utopia* à la fois effrayante, illogique et grotesque, j'avais adapté ma moralité flexible à cet environnement. Faisant fi de toute compassion, de tout amour propre, de toute fierté et de tout jugement, je n'avais été conduit que par ma seule volonté de continuer à gravir les échelons de cette société démente : Et ce, dans un unique but, arriver au sommet, même si je devais pour cela sacrifier mon humanité et passer pour un monstre sans cœur auprès de la masse des péons, mes anciens camarades de captivité.

– Je suis dévoué à notre cause et à notre civilisation, déclarai-je sur un ton formel, la poitrine gonflée d'orgueil.

Un sourire glorieux et amusé illuminait mon visage, tandis que je toisais Artémis avec une assurance irrévérencieuse.

Belle comme jamais, Artémis me rendit un sourire énigmatique.

– En récompense de tes bons et loyaux services, de ta dévotion et de ton zèle, Bororo a décidé de te réserver une place de choix au sein de la caste des guerriers. Tu seras un des membres illustres de cette classe dont les flèches, les lances et les massues gardent notre civilisation et la protègent des ennemis intérieurs et extérieurs.

Artémis s'avança vers moi et m'embrassa sur les joues. Sa poitrine droite et opulente frôla un instant mon torse. La sensualité et la joie de l'instant firent battre mon cœur à tout rompre.

– C'est un très grand honneur, articulai-je maladroitement, la gorge nouée par l'émotion.

Une main délicatement posée sur mon épaule, elle continua à parler d'une voix forte et enjouée, son regard scintillant oscillant entre moi et l'assemblée.

– Bien peu de non-Amazoniens ont eu l'honneur par le passé de rejoindre la caste des guerriers. Cette fonction est d'ordinaire réservée à celles et ceux dont le sang des Indiens d'Amazonie coule dans leurs veines.

Mon regard croisa celui de Bororo. Le chef des guerriers me fixait avec une expression à la fois amicale et inquiétante. Son visage était illuminé par un sourire carnassier, mais ses yeux brillaient d'une lueur étrange. Essayant de ne pas paraître déstabilisé, je sentis cependant un frisson glacé me parcourir le dos. Quelle raison m'avait valu le grand honneur de rejoindre une caste dont l'appartenance était fondée sur le sang et la naissance ? J'étais certes un bourreau zélé, mais je n'étais pas le seul. Pourquoi moi et pas un autre ? Était-ce parce que j'étais devenu d'une certaine manière l'amant secret de la magnifique et terrible Artémis Swinton ? Avais-je bénéficié d'une promotion exceptionnelle pour avoir su m'emparer du cœur de la fille chérie de notre fondatrice ? Bororo était-il dupe, était-il au courant de mes ébats avec sa femme ? S'il ne l'ignorait pas, acceptait-il tacitement cet état de fait, ou bien ruminait-il intérieurement une colère froide et secrète ?

Chassant ces pensées stériles et envahissantes, je reposai mon regard sur le visage rayonnant d'Artémis, dont la beauté et la lumière m'insufflèrent courage et confiance. Tant que j'étais le favori de l'héritière de Jenyfer Swinton, mon ascension serait fulgurante et rien ne pourrait m'arriver.

– Ce grand honneur qui t'est fait nécessite néanmoins que tu franchisses une étape supplémentaire dans ta relation avec Gaïa. Cependant, je suis certaine que tu ne vivras pas cette épreuve comme un sacrifice, mais plutôt comme l'aboutissement naturel et logique de ton amour sincère et total de notre cause.

Un signal d'alarme commença à se manifester faiblement dans ma tête, mais j'essayai de ne pas y prêter attention. Les sens aux aguets, ma confiance et mon assurance fléchissant un peu au profit d'un début de sentiment d'appréhension, je tournai un visage circonspect vers Artémis. La jeune femme me fixait avec insistance, toujours enjouée.

– Je suis prêt à surmonter toutes les épreuves et à accomplir tout ce qui sera nécessaire pour Gaïa, déclarai-je en pilotage automatique, sans conviction.

– Nous n'en doutons pas, fit Artémis, avisant subitement Bororo, avec qui elle échangea un regard énigmatique.

Toutes les personnes présentes autour de nous me fixaient maintenant avec un air moqueur, certains affichant même un mépris glacial et cynique. L'alarme retentit dans ma tête, et je sentis ma gorge s'assécher et mon estomac se nouer. Mais que pouvaient-ils bien me préparer ?

C'est à cet instant qu'Artémis tourna son visage vers moi. Son expression enthousiaste et amicale avait fait place à un masque effrayant et inquiétant. Son sourire bienveillant était devenu carnassier, méchant et moqueur, son regard pétillant s'était voilé d'une expression de sarcasme et de mépris. Tout son être transpirait maintenant un mélange d'espièglerie cruelle et de satisfaction malveillante et malsaine. Elle déclara d'un ton condescendant et cinglant :

– Comme condition pour t'accueillir dans la caste des guerriers, nous exigeons de toi que tu prouves ton attachement à Gaïa, ton amour de la nature et ton engagement sincère de vivre en harmonie avec toutes les créatures de notre environnement, en prenant pour épouse officielle une femelle animale de l'espèce que nous aurons choisie pour toi. De plus, une fois le mariage célébré et conclu, si votre union est consommée et donne naissance aux premiers enfants de la toute nouvelle génération d'hybrides hommes/animaux que Gaïa appelle de ses vœux, tu seras élevé au sommet de la caste des guerriers. La chose peut te paraître contre nature et impossible, mais sache que nos généticiens pourront t'accompagner, car leurs recherches en ce domaine sont sur le point d'aboutir et de faire des miracles. Tes enfants seront les premiers d'une nouvelle espèce.

Les paroles d'Artémis me tombèrent dessus comme un coup de massue. Choqué, éberlué, je crus d'abord que la jeune femme plaisantait et jouait avec mes nerfs. Je restai là, tétanisé, les yeux et la bouche grands ouverts, toute couleur ayant déserté mon visage. En un instant, un froid terrible et tenace s'était répandu dans tout mon corps.

Je restais ainsi durant quelques secondes qui me semblèrent une éternité. Avais-je bien entendu ? Mes sens me jouaient-ils un tour ? Artémis avait pourtant bien débité ces paroles horribles l'air sérieux et posé, sans sourciller ni exprimer le moindre sentiment. Ce n'était pas un cauchemar, cette horreur était bien réelle. J'étais pris au piège.

– Ah oui, continua-t-elle. Cela va sans dire, mais autant te prévenir. Si par hasard tu refusais cette condition, tu retournerais immédiatement à un statut de péon. Mais je sais que nous pouvons te faire confiance.

Artémis avait prononcé ces derniers mots sur un ton mielleux, un sourire faux et moqueur recouvrant son visage d'un voile mauvais. La méchanceté et le sarcasme l'avaient rendue subitement très laide.

J'étais piégé. Mon ambition et ma soif de grimper au sommet de la pyramide sociale m'avaient conduit ici. Pire, les alliés que je pensais avoir rencontrés sur ma route s'étaient en réalité moqués de moi, et avaient décidé de m'humilier sans pitié.

Car il était clair maintenant qu'elle n'était jamais tombée amoureuse de moi. Elle m'avait désiré un instant, et elle m'avait eu, sachant pertinemment que je me ferais des idées, alors qu'elle n'avait vu en moi qu'un pantin jetable. Laissé seul dans le trouble douloureux des pensées m'assaillant de toutes parts, cherchant une issue à ce cauchemar dans lequel on m'avait piégé, je vis Artémis s'éloigner de moi pour rejoindre Bororo et s'assoir à califourchon sur ses cuisses, dans une attitude provocante et sensuelle. Tous deux enlacés dans une pose langoureuse, ils me dévisageaient maintenant en souriant, de leurs regards sombres et méchants, dans lesquels je pus lire à la fois du sarcasme, de la moquerie, du dégoût et un mépris humiliant. Il m'apparaissait maintenant évident que tous deux étaient des êtres pervers, manipulateurs et malsains, qui avaient pris un plaisir cruel à se jouer de moi, de mon ambition et de ma confiance trop grande dans la réussite de mes projets. Jamais Artémis n'avait envisagé de faire de moi son amant, et depuis le début Bororo avait prévu de me pousser à l'avilissement, à la dégradation et à l'humiliation afin de voir jusqu'où j'étais prêt à aller pour atteindre mon but. Mon Dieu ! Épouser un animal… consommer ce mariage… me prêter à des manipulations génétiques contre nature afin de donner le jour à des monstres, des erreurs de la nature. Cette idée, si abjecte et si surréaliste que je ne parvenais pas encore à en mesurer toute l'horreur, me souleva le cœur. Je crus vomir et défaillir devant cette assemblée qui me fixait avec amusement, mépris, dégoût et cruauté, attendant de savoir de quelle manière j'allais tenter de m'extraire de cette situation avilissante. J'étais vraiment prêt à tous les sacrifices, mais ça ! Mon Dieu, pas ça ! Je ne pouvais pas franchir cette frontière vers le déshonneur, l'horreur, l'immondice et le dégoût. Me reproduire avec un… donner naissance à des… non ! Non !

Essayant de retrouver et de rassembler mes pensées qui fusaient tels des éclairs dans toutes les directions, une sensation d'engourdissement et de nausée pétrifiant mon corps qui n'était plus qu'une immense douleur, je fermai les yeux, fis le vide, et dans la pénombre de mon esprit, inspirant profondément une large bouffée d'air, je déclarai d'une voix éteinte, mais digne :

– J'accepte cette condition. J'épouserai la créature que vous choisirez pour moi… et nous aurons des enfants… ainsi nous montrerons à Gaïa que l'union de l'homme et de l'animal représente l'avenir de notre civilisation.

Le cœur au bord des lèvres, les poings et la mâchoire serrés par la rage, tremblant, je gardai les paupières fermées, réprimant un flot de colère et de larmes. Il ne fallait surtout pas que j'ouvre les yeux, car face à l'humiliation et au profond dégoût de moi-même, je ne voulais surtout pas croiser les regards moqueurs et méprisants de l'assemblée réunie autour de moi, qui commentait déjà bruyamment et avec enthousiasme ma détermination et mon zèle. Jamais encore je ne m'étais autant détesté. Et le pire était à venir. Mais maintenant que j'étais lancé dans cette course vers le sommet, faisant fi de tout sens moral et de tout amour propre, je devais absolument aller jusqu'au bout… quel qu'en soit le prix. Tôt ou tard, je saurai faire payer cette humiliation à Artémis et à Bororo.

***

Damien

Une nuit noire, sans éclat ni étoiles, était tombée sur Casa-Verde. Les péons, écroulés de fatigue, dormaient déjà dans leurs huttes misérables. Çà et là, dans les habitations des élites, quelques feux de brindilles chauds et réconfortants scintillaient dans les ténèbres. Tout autour de la cité, dans les marécages d'Iquitos et dans la forêt dense et mystérieuse, une vie nouvelle, bruyante et terrifiante s'agitait, invisible, dans l'obscurité : bruits étranges, clapotis, mouvements furtifs et soudains dans les hautes herbes, coassements rauques et cris de rapaces nocturnes émanaient du marais boueux. Un peu plus loin, la jungle à la végétation grotesque, touffue et luxuriante, plongée dans une moiteur étouffante, semblait devenue vivante, respirant et soufflant dans la nuit. Le chant angoissant des oiseaux, le crissement des millions d'insectes et les hurlements gutturaux des créatures invisibles se mélangeaient dans un concert assourdissant qui rappelait à l'homme qu'il n'avait pas sa place en ce lieu. Nous avions décidé de traverser la forêt, tâtonnant sous les regards mauvais de milliers d'yeux hostiles. C'était très certainement une folie. Mais nous nous étions juré d'essayer n'importe quoi pour quitter l'enfer de Casa-Verde, même si dans notre fuite à travers la jungle hostile, chaque plante, chaque insecte, chaque trou d'eau et chaque créature nous rappelaient le danger de notre entreprise.

Nous étions douze, douze péons qui avançaient maladroitement en file indienne entre les arbres, butant sur chaque racine, se heurtant à chaque branche, sursautant – les sens aux aguets, le cœur battant – à chaque cri inconnu, à chaque paire d'yeux scintillants que nous croisions sur notre chemin. Aussi silencieux et furtifs que possible, nous essayions de disparaitre dans la masse végétale inextricable de la forêt, nous laissant envelopper par le concert bruyant que la vie nocturne jouait autour de nous.

Seules des petites lampes à huile, que nous avions confectionnées clandestinement avec de l'argile dérobée aux marais d'Iquitos, éclairaient faiblement notre chemin, nous évitant de poser le pied sur une plante vénéneuse ou une araignée tapie dans un trou obscur. Nous progressions lentement, prudemment, mais déterminés, sachant que nous venions de franchir un point de non-retour, et que l'échec de notre tentative signifierait notre mise à mort par les lois de Casa-Verde. Chaque pas que nous faisions sur la terre humide de la forêt nous enfonçait un peu plus dans l'obscurité de la jungle et nous éloignait des horreurs de Casa-Verde. Chaque pas nous rapprochait un peu plus de notre liberté et de notre salut.

Esther et moi marchions presque côte à côte, ouvrant la route et évaluant le terrain. Le cœur battant, la peur et l'appréhension démultipliant nos sens, nous craignions que, de derrière chaque arbre que la lumière douce et cuivrée de nos lampes éclairait, jaillisse un monstre de la nuit. Mais jusqu'à présent, tout s'était bien passé.

Les dix personnes qui nous suivaient faisaient partie de la bande de Slaves qui avait atteint Casa-Verde il y a quelques semaines de cela. Comprenant très vite l'enfer dans lequel ils venaient de débarquer, et ayant vécu avec horreur leurs premières journées d'esclavage, de coups et de privations, au service d'une idéologie fanatique et grotesque, ils n'avaient pas été très difficiles à convaincre lorsque nous avions profité de notre première maraude pour leur exposer notre projet de fuite.

Même si la Novaya Russia déclinante avait dû se désengager de son Extrême-Orient, abandonnant de larges territoires sibériens à la République démocratique de Chine et aux *Sankoku*, cet empire qui cherchait par un bellicisme maladroit à retrouver la gloire perdue de son passé, était redevenu à leurs yeux une terre promise, source de prospérité et de sécurité. Tous rêvaient de revoir les gratte-ciels scintillants et les bâtiments historiques aux formes et aux couleurs sucrées et appétissantes de pâtisseries sophistiquées de la belle Moscou. Tous avaient entendu le chant des sirènes et étaient venus avec espoir dans ce coin de forêt équatoriale. Ils cherchaient maintenant courageusement à réparer leur erreur en fuyant cet enfer à tout prix.

Les préparatifs n'avaient pas été très longs. En plus des lampes à huile individuelles, il avait fallu confectionner des bandes de tissu afin de se protéger les pieds et les mains au cours de cette marche délicate dans un environnement nouveau et dangereux. Enfin, chacun portait un petit sac de chanvre, avec quelques provisions de fruits (ô sacrilège ! cueillis directement sur les arbres) et de racines. Dès que l'occasion se présenterait, ceux qui avaient confectionné des armes de fortune avec des bouts de fer rouillés arrachés aux ruines d'Iquitos n'hésiteraient pas à agrémenter leur régime alimentaire d'un peu de viande ! Maintenant qu'ils avaient quitté Casa-Verde et ses règles fanatiques et grotesques, ils pouvaient redevenir avec joie et avec appétit les chasseurs-cueilleurs qu'avaient été leurs ancêtres.

– Depuis combien d'heures avons-nous quitté Casa-Verde ? me demanda timidement le jeune Piotr qui marchait juste derrière moi.

– Difficile à évaluer, car la frondaison des arbres nous cache la lune et les étoiles, mais je dirais à peu près trois heures. Cette forêt est dense et luxuriante, ce qui ralentit notre progression. Nous avons donc très certainement parcouru une dizaine de kilomètres.

– Chaque pas qui nous éloigne de Casa-Verde est une victoire ! souffla-t-il d'un ton décidé.

Bien que concentré et focalisé sur les endroits où je posais mes pieds, je tournai un instant mon visage vers lui, afin de lui décocher un sourire complice et encourageant.

Continuant à avancer prudemment à la lueur cuivrée de nos lampes à huile qui découpait sur les arbres et la végétation alentour des ombres éphémères et cauchemardesques, scrutant d'un œil inquiet et vigilant l'obscurité épaisse qui reculait devant nous à chacun de nos pas, je décidai de poursuivre la discussion avec le jeune homme :

– Tu viens de Minsk, c'est bien ça ?

– Pas exactement, répondit-il, visiblement trop heureux d'avoir trouvé quelqu'un qui s'intéresse à lui. Ma famille faisait partie des centaines de milliers de Russes qui ont fui l'Extrême-Orient sibérien, lorsque la Chine et les *Sankoku* se sont partagé tous les territoires à l'est du fleuve Oleniok et du lac Baïkal. Nous nous sommes d'abord installés à Norilsk, afin de travailler dans les mines de nickel. Mais toute la Sibérie septentrionale devenait progressivement une vaste zone grise, sur laquelle le pouvoir de Moscou perdait petit à petit tout contrôle ; les corporations, les milices et la mafia faisant la loi. Une vie difficile nous a amenés dans la banlieue de Moscou où mes parents se sont portés volontaires pour partir coloniser les territoires récemment conquis à l'ouest et au sud. La planification centrale cherchait alors des familles à implanter en Biélorussie et dans le Caucase. J'ai suivi les miens jusqu'à Minsk où j'ai travaillé pendant deux ans dans un lycée orthodoxe. – Piotr marqua une courte pause, semblant plongé dans ses souvenirs – mais cette vie ne me convenait pas. J'ai donc rencontré par *Interlink* d'autres jeunes Russes qui m'ont transmis leur amour de la nature, ce qui a fait naître en moi une conscience écologiste. Tous motivés par l'appel d'un avenir meilleur et d'un nouveau départ sur une terre vierge, nous avons passé un an à préparer notre périple vers Casa-Verde, persuadés d'y trouver un nouveau paradis, où les hommes vivraient en harmonie parfaite avec la nature.

– Je me souviens très bien du jour de votre arrivée.

– Et de la mort d'Aleksander, fit-il sur un ton grave et contrit. Nous aurions tous dû tenter de fuir ce jour-là, certains d'entre nous auraient certainement réussi à filer par le fleuve, plutôt que de se retrouver tous réduits en esclavage par les fanatiques de Casa-Verde.

– Nous avons tous cherché à Casa-Verde un paradis terrestre, une existence plus simple, plus naturelle, plus saine, déclarai-je d'une voix lasse. Vivre en harmonie avec la nature ne signifie pas, comme le pensent les fanatiques de l'ordre de Gaïa, renoncer à prélever des animaux ou des végétaux. Cela signifie que rien ne doit être gâché ou pris inutilement, et que pour chaque être que nous tuons pour nous nourrir et nous vêtir, nous devons permettre la naissance d'un être nouveau en compensation. – je secouai la tête de dépit et de colère – mais l'ordre de Gaïa a complètement dévoyé ce mode de vie ! En cherchant avec fanatisme l'harmonie entre les hommes et la nature, il a conçu une société inégalitaire où les animaux et les plantes dominent et continuent à se dévorer entre eux pour leur propre survie, alors que les hommes ne peuvent rien prélever et doivent se contenter des cadavres des plantes et des fruits que le règne végétal daigne parfois leur laisser. Contre toute loi naturelle, l'ordre de Gaïa a fait de nous des charognards, produisant même une inégalité de plus, puisque les élites de la Ville-Haute se gavent de fruits presque pas pourris et de graines, tandis que les péons doivent se contenter des morceaux les plus gâtés. C'est fou que la volonté de créer un paradis sur terre ait abouti à cet enfer.

– Crois-tu que les élites de l'ordre de Gaïa sont convaincues que la société qu'elles ont établie est un paradis juste, naturel et harmonieux ? Pensent-elles sincèrement que les milliers de péons dociles, réduits en esclavage et mourant de faim et de maladie sont heureux ?

– Je crois que pour ces fanatiques, la notion de bonheur humain n'est pas prise en compte. Les plantes et les animaux doivent être protégés et ont droit au bonheur en priorité. C'est pour cette raison que des milliers d'esclaves dociles triment dans les chantiers de préservation de la forêt tropicale. Pour l'ordre de Gaïa, cette poursuite du bien-être de toutes les créatures animales et végétales est la cause la plus juste qui soit, et il est légitime d'y sacrifier la vie, la santé et le confort des humains. Je ne pense pas que les élites de Gaïa s'intéressent au fait que les péons soient heureux ou pas. Pour elles, nous formons tous la main-d'œuvre, volontaire ou forcée, nécessaire à la réalisation d'un but plus grand. Notre force de travail et nos vies sont remplaçables, pas les plantes et les animaux.

– Mais parmi ces humains soumis au but suprême de la préservation de la nature, certains vivent mieux que d'autres. Comment penses-tu que les élites de Gaïa justifient, sans mauvaise foi, sans se mentir, tant d'inégalités entre les castes ?

Je réfléchis un instant, puis je répondis sur un ton docte :

– Dans les sociétés se voulant parfaitement égalitaires, l'élite politique a toujours réussi à se convaincre de la légitimité de conserver des castes et des conforts distincts, en le justifiant par une différence de mérite basée sur la pureté idéologique supposée des individus. À leurs yeux, un prêtre ou un vétérinaire qui entretiennent une proximité plus importante avec Gaïa et ont une connaissance et une conscience plus profondes et plus abouties de ses lois et de son harmonie sont dignes d'être récompensés. Alors qu'un péon, souvent réduit en esclavage contre son gré, est vu comme un enfant turbulent et immature qui n'a pas encore assez de conscience ni de pureté idéologique. Ne pouvant donc qu'être assigné aux tâches les plus basiques, il mérite de trimer dans la boue et dans un mode de vie misérable. Les élites ne nous imaginent pas heureux, mais pensant que leur dogme est juste, et le maîtrisant mieux que nous, elles arrivent très certainement à se convaincre du bien-fondé de la stratification de la société au sein de leur civilisation parfaite.

– Quelle hypocrisie, cracha le jeune Russe d'un ton amer.

Continuant à marcher dans l'obscurité de la forêt, je me retournai un instant vers Piotr, posant sur lui un regard plein de compassion et de bonté, essayant d'afficher une expression encourageante d'optimisme et d'espoir :

– Ne parlons plus du passé et des épreuves terribles que nous avons vécues, déclarai-je sur un ton enjoué. Tournons nos regards vers l'avenir. Une fois que nous aurons quitté cette forêt, quels seront tes projets ?

Piotr hésita un instant. Puis son visage s'illumina, et il s'exclama avec enthousiasme :

– Si j'en ai la possibilité, je souhaiterais gagner les territoires de l'Amitié australo-néo-zélandaise. Depuis que le gouvernement de Canberra a lancé une vaste campagne de mise en valeur des terres intérieures, il a ouvert ses portes à des centaines de milliers de réfugiés climatiques d'Asie du Sud-est et du Pacifique. Mais bien peu ont comme moi une expérience dans le domaine du raffinage du minerai. On raconte qu'il s'agit d'une terre d'opportunités, riche et prospère, pour les gaillards bien dégourdis comme moi.

– Je pense en effet que les salaires dans l'industrie minière doivent être plus hauts que dans les élevages et les fermes gigantesques de l'*outback*, là où travaillent la majorité des migrants, déclarai-je sur un ton approbateur. Néanmoins…

Tout d'un coup, Esther stoppa net et, d'un geste du bras, me fit signe de m'arrêter à mon tour. La colonne disciplinée des marcheurs se figea en silence, sans trop comprendre pourquoi. Tout autour de nous, la forêt n'était qu'obscurité. La lueur vacillante et fragile de nos lampes à huile projetait un halo fauve, faible et tremblotant, sur les arbres et les plantes qui s'élevaient de part et d'autre du chemin que nous tracions, découpant des ombres aux formes cauchemardesques. Au-delà de ce fragile refuge de lumière, la jungle dense et luxuriante était plongée dans le noir complet, un noir étouffant et mystérieux, d'où émanait un vacarme incessant de chants d'oiseaux, de cliquetis d'insectes, et de hurlements glaçants. Le cœur battant, les sens aux aguets, les oreilles tendues, nous fouillions les ténèbres de nos regards attentifs et craintifs. Personne ne parlait, mais un sentiment d'inquiétude se répandait progressivement dans notre groupe, comme si nous prenions tous conscience, l'un après l'autre, de l'imminence d'un danger.

– Tu as entendu quelque chose ? soufflai-je à l'oreille d'Esther, la gorge nouée par la crainte et un mauvais pressentiment me traversant tout le corps, tel un courant d'air glacé.

Elle tourna vers moi un regard terrifié, le visage livide.

– Je ne suis pas sûre…

Tout à coup, le sifflement rapide et net d'une flèche déchira le silence. Le projectile jaillit de l'obscurité et vint se figer avec un bruit sec dans la tête d'un des jeunes Russes, qui s'écroula mollement sur le sol, sans avoir eu le temps de pousser un cri. Aussitôt, deux autres sifflements tranchèrent l'air autour de nous, et deux traits jaillirent à leur tour de la nuit pour se planter dans la poitrine d'un autre jeune homme, qui s'effondra dans l'herbe dans un glapissement de surprise et de douleur.

Cette deuxième victime, qui gisait ensanglantée sur le sol humide de la forêt, nous sortit de l'état de tétanie qui nous avait saisis. Au même moment, des hurlements stridents, féroces et des cris d'enthousiasme se levèrent tout autour de nous. Les herbes, la végétation et les feuillages des arbres furent tout à coup animés d'une tempête de bruissements et de mouvements, agités par les sauts et les déplacements de créatures rapides et agiles. Bien que nous ne voyions aucune forme et aucun visage dans l'obscurité qui nous enveloppait, le vacarme et l'agitation violente qui nous entouraient nous firent comprendre l'effroyable réalité.

– Un groupe de guerriers nous a pris en chasse ! Fuyez ! hurlai-je.

Mais les craquements de la végétation piétinée, les déplacements invisibles et rapides, et le concert terrifiant de cris de guerre nous encerclèrent complètement et se refermèrent sur nous. Nous étions complètement cernés. Ne sachant dans quelle direction nous enfuir, pétrifiés, choqués, nous nous rassemblâmes tous par instinct, collés dos à dos tel un troupeau de proies vulnérables et tremblantes. Rendus fous d'effroi, nous nous serrâmes dans une attitude pitoyable et implorante en gémissant et en pleurant. Elena eut cependant un peu plus de courage que nous : elle jaillit hors du groupe et s'élança à toute vitesse dans la forêt, disparaissant en quelques grandes enjambées dans les ténèbres qui nous enveloppaient. Aussitôt, une tempête de bruissements d'herbes, de craquements de branches et de hurlements guerriers se lança à sa poursuite. Quelques secondes plus tard, un cri de douleur effroyable et déchirant s'éleva dans la nuit, accompagné par des jappements de joie sadiques. Le cœur serré par l'horreur et la tristesse, nous ne pûmes qu'être les témoins impuissants du meurtre invisible de la jeune Russe.

Le silence se fit alors lourd et épais. Les formes invisibles qui nous encerclaient, tapies dans l'ombre, semblèrent cesser de bouger, ne poussant plus ni hurlement de joie ni cri guerrier.

Une voix de femme, sévère et puissante, s'éleva dans l'obscurité :

– Je suis Leyla, petite-fille du grand prêtre Nathanaël, chasseresse dans la brigade des Amazones ! Votre tentative de fuite a été dénoncée, et nous avons suivi votre trace à travers la forêt ! Vous êtes tous encerclés par nos guerrières les plus féroces. Ne tentez pas de vous échapper, sinon vous serez massacrés comme vos trois camarades ! Maintenant, agenouillez-vous, les mains sur la tête.

Figés par la terreur et l'amertume de nous être fait prendre, terriblement anxieux alors que nous commencions à imaginer avec le désespoir le plus total les tortures vengeresses qui nous seraient infligées en punition de notre trahison, nous restâmes immobiles, pétrifiés, le cœur serré, une poigne glacée écrasant nos entrailles.

– À genoux immédiatement ! hurla de nouveau la voix impitoyable.

Dociles, les membres tremblants, nous nous laissâmes tous choir sur le sol. La tête basse, les yeux fuyants bordés de larmes, nous vîmes du coin de l'œil nos poursuivantes émerger de l'obscurité, et avancer vers nous dans un halo vacillant de lumière rouge et fauve.

Les redoutables guerrières nous encerclaient maintenant, les lampes à huile dessinant sur leurs visages des ombres terrifiantes. Grands, élancés, leurs corps ambrés n'étaient que musculatures souples et ligaments tendus. Des peintures corporelles écarlates, des parures végétales complexes et des pagnes pourpres leur donnaient des allures de terribles guerrières préhistoriques. Armées de sarbacanes, d'arcs et de couteaux en basalte, foulant de leurs pieds nus l'herbe sur laquelle nous étions agenouillés, elles nous toisaient avec mépris et dégoût, leurs yeux sombres et cruels – brillants d'une méchanceté et d'une violence bestiales – baissés dédaigneusement sur nous. Parmi ces guerrières effrayantes, qui tenaient en joue nos existences, une femme se distinguait, ses parures, ses peintures de guerre et sa longue chevelure aile de corbeau lui donnant une apparence plus cruelle encore. Dans sa main droite, elle tenait une longue dague en pierre noire dégoulinant de sang frais. Le menton haut, la poitrine gonflée d'assurance et d'orgueil, elle s'adressa à nous avec répugnance et sévérité. C'était Leyla, la petite-fille d'un des dirigeants les plus importants d'*Utopia*.

– Vous pensiez sincèrement pouvoir vous échapper ? Vous n'êtes que des imbéciles. Cette jungle est notre territoire de chasse, il a été très facile pour nous de retrouver votre trace.

Les yeux baissés piteusement, fuyant son regard inquisiteur, nous sentîmes sur nous le poids écrasant de son mépris et la jouissance que lui avait procurée cette chasse à courre fructueuse.

– Pauvres idiots ! Personne ne s'éloigne de Casa-Verde, personne ne peut partir d'ici, continua Leyla d'un ton violent et moqueur. Et même si votre projet n'avait pas été dénoncé, il ne nous aurait pas fallu plus de quelques jours pour vous retrouver. Vous n'êtes que des péons qui ne comprennent ni ne maîtrisent cette forêt qui nous entoure et nous protège. Nous, les chasseresses, vivons en harmonie totale avec ce berceau luxuriant et fourmillant de vie. Gaïa communique avec nous par l'intermédiaire de chaque arbre et de chaque animal qui habite cette forêt. Nous sommes ici chez nous, et vous, vous n'êtes que des traitres.

Continuant à marcher à pas lents entre nous, elle posa le bout de sa sarbacane sur le dos courbé d'une des jeunes femmes russes, et poursuivit d'un ton empli de fiel et de mépris, secouant lentement la tête dans un signe las et désapprobateur :

– Vous ne comprenez donc pas ? Depuis que les humains ont commencé à bâtir leurs civilisations égoïstes et artificielles sur l'exploitation et la souffrance de toutes les espèces animales et végétales de cette terre, l'ire et la tristesse de Gaïa n'ont fait que s'étendre. Depuis des milliers d'années, la grande déesse rumine et ressasse sa vengeance. Depuis un demi-siècle, sa juste colère et ses représailles légitimes se sont abattues sur l'humanité impie. La montée des mers, les cataclysmes, les tempêtes et les raz-de-marée ont frappé les populations les plus vulnérables de notre planète, prémisses d'une catastrophe à venir encore plus grande et plus totale.

D'un geste ferme, Leyla saisit d'une main le menton de la jeune Russe éplorée et tremblante, et l'obligea à relever la tête, la forçant à soutenir son regard noir. Plongeant brutalement ses yeux dans ceux de sa captive, Leyla continua d'un ton calme, mais cinglant.

– Heureusement, certains humains, parmi les plus sages et les plus conscients, ont entendu les avertissements de Gaïa, et ont su lire dans les signes précurseurs les premières démonstrations de son impitoyable colère. Prophètes éclairés, nous avons abandonné notre confort et notre vie passée, nous avons tourné le dos à toute action qui inflige mort et souffrance aux végétaux et animaux, et nous avons mené une croisade violente et juste, afin de planter aux quatre coins du globe les graines d'une nouvelle civilisation respectueuse de la création de la grande déesse. Notre entreprise était dangereuse et désespérée, mais Gaïa nous a souri. Elle a fourbi nos bras et nos jambes, nous permettant de fonder nos utopies dans les sanctuaires les plus intacts de notre planète. Ainsi, grâce à notre action, Gaïa a compris que l'humanité pouvait s'éveiller à la conscience, et elle nous a donc accordé un sursis. Le marché est simple. Tant que notre civilisation existera et aura une chance de convertir le reste de l'humanité, afin qu'elle vive en harmonie et en égalité avec les animaux et les plantes sur toute la planète, Gaïa ne déclenchera pas le cataclysme final qui devait tous nous emporter. Notre existence et notre civilisation sont donc les seules raisons pour lesquelles l'humanité survit encore aujourd'hui.

Sans ménagement, elle repoussa la jeune Russe, qui s'écroula sur le sol dans un geignement effrayé. Les yeux brillants d'exaltation et de fanatisme, visiblement portée par le dogme qu'elle venait de nous partager, Leyla se releva, émue, déroulant sa stature mince et musclée de guerrière à la beauté redoutable. Balayant d'un regard méchant et autoritaire la dizaine d'êtres pitoyables agenouillés à ses pieds, elle poursuivit son discours d'une voix forte et tremblante :

– Notre civilisation et son histoire ne sont qu'à leur début ! Nous n'avons pas vocation à rester terrés dans notre forêt, dans nos marais, dans nos jungles et nos savanes. Lorsque les guerriers et les armées de toutes les *Utopia* à travers le monde seront prêts à passer à l'action, des millions de combattants, serviteurs de Gaïa, jailliront et fondront sur les civilisations décadentes, imposant progressivement, si nécessaire par la violence et le sang versé, le respect de la nature et de ses créatures à l'ensemble de la race humaine. Sachez d'ores et déjà que dans un horizon d'à peine cinq ans, nos guerriers prendront la route du sud, et commenceront la conquête des territoires de l'Union sud-américaine, dont les vastes espaces agricoles et fermiers commettent un véritable génocide contre la nature créée par notre déesse, l'opprimant et la mutilant à une échelle inconcevable. Bientôt, la capitale Cordoba ne sera plus que ruines et fantômes, à l'image de toutes ces grandes cités déjà balayées dans le passé par la submersion du bassin de la Plata. De grands projets nous attendent...

Le ton de sa voix baissa en même temps que ses yeux, peignant sur son visage une expression feinte de tristesse et de regret. Sa voix se fit plus douce et plus lasse, comme si la douleur et le chagrin étreignaient son cœur.

– Vous aviez une chance inouïe... alors que des milliards d'habitants de cette planète vivent encore de la destruction de la nature, vous apparteniez à une élite de précurseurs éclairés, vous aviez la chance de donner à votre vie un véritable sens en suivant les principes justes et harmonieux de Gaïa. Vous faisiez partie d'une véritable noblesse qui avait compris bien avant le reste de l'humanité la nécessité de sacrifier son confort pour laisser vivre en paix et en liberté les autres créatures de cette terre. Vous participiez à ce projet de porter un jour la lumière et la conscience dans le cœur de chaque être humain. Vous aviez goûté à tout cela, vous saviez, vous aviez compris... et pourtant vous avez préféré y renoncer pour retourner à vos anciennes vies de destruction et de consommation de la planète.

Elle avait prononcé ces derniers mots d'un ton lent et froid, le calme apparent laissant couver sous la cendre une prochaine explosion impitoyable de colère et de rage.

– Il est possible de pardonner à ceux qui n'ont pas encore vu la lumière, car ils ne peuvent pas savoir qu'ils vivent dans l'erreur. Mais il n'est pas possible de pardonner à ceux qui, ayant vu la vérité juste et unique, ont décidé librement de s'en détourner, en pleine conscience, afin de retourner à leur ancienne vie de crimes et de destruction. Vous n'êtes que des traitres et vous serez punis en conséquence, impitoyablement. Vos vies ne vous appartiennent déjà plus. Vos corps seront livrés à Gaïa, en paiement de votre trahison.

Le regard de Leyla croisa une dizaine de visages blêmes, empreints d'une expression de désespoir. À cet instant, nous étions tous saisis d'une peur panique, fantasmant en un film terrifiant et graphique les cruautés et les tortures infâmes que nous nous attendions à subir. De quelle manière et par quel supplice effroyable l'Ordre de Gaïa nous ferait-il payer notre trahison, afin de dissuader les autres péons d'envisager l'éventualité d'une fuite ? Tétanisés, les yeux révulsés d'effroi, nous eûmes l'estomac retourné. Nous imaginions déjà être livrés à l'appétit féroce d'une colonie de termites carnivores, être englués et laissés à pourrir dans une tourbière afin d'être transformés en compost, ou encore être engloutis et digérés vivants par un des nombreux anacondas géants qui rôdent autour de Casa-Verde. Par le passé, nous avions été les témoins de la créativité cruelle des bourreaux d'*Utopia*, et nous tremblions de peur à l'idée de périr dans d'atroces souffrances. Chacun de nous aurait fait n'importe quoi pour obtenir quelques miettes de vie en plus. Sauf Esther qui, agenouillée à côté de moi, restait digne et calme, une force tranquille lui enjoignant de ne pas s'humilier devant les guerriers sadiques qui riaient de notre désarroi.

– Nous avons été trompés, nous nous sommes trompés ! s'écria soudainement un jeune Russe, tremblant et fébrile, au bord de l'évanouissement, se jetant dans un tourbillon de larmes et de hoquets de terreur pitoyables aux pieds de Leyla, dont il enlaça les jambes.

Agenouillé dans une posture humiliante et docile, il lui baisa les pieds et les baigna de ses sanglots terrifiés, geignant et couinant lamentablement :

– Que pouvons-nous faire pour regagner la confiance de Gaïa ? gémit-il.

Le visage de la guerrière s'illumina d'un sourire satisfait, à la fois calme et méchant. Son regard pétillait d'une cruauté malsaine. Doucement, elle se pencha vers la pitoyable créature qui réclamait son indulgence, et dans un geste tendre et maternel, Leyla lui saisit le menton afin de lui faire relever la tête. Telle une déesse autoritaire, dure, mais capable d'efforts de compassion, elle plongea son regard ténébreux dans celui du jeune homme, et déclara d'une voix calme et douce, mais qui laissait deviner des arrière-pensées inquiétantes :

– Si ton repentir est sincère, si ton âme souillée cherche le pardon, alors Gaïa pourra te soumettre à une épreuve de foi afin que tu lui prouves à nouveau la justesse de ton amour et de ta dévotion. Accepte cette épreuve, tu seras absous et tu retrouveras ta place parmi nous.

À la lumière des torches qui, dans cette nuit noire et dense, découpaient sur les visages des halos fauves et des ombres inquiétantes, je remarquai que la figure du jeune Slave, les yeux levés et baignés de larmes, exprimait maintenant une reconnaissance débordante et un soulagement naïf. Je vis aussi le sourire énigmatique de la guerrière, son regard noir et condescendant qui se nourrissait avec délectation de la gratitude candide de l'être agenouillé à ses pieds. À ce moment, un sentiment d'appréhension me saisit au ventre et un frisson glacé me traversa le dos. Je n'osais imaginer l'épreuve de foi à laquelle nous allions être soumis.

Chapitre 4 – Mariage(s)

Lars

Le soleil était haut dans un ciel large à l'azur éclatant. Une lumière blanche, vive et crue, pleuvait sur la vaste esplanade qui s'étendait au pied de la Ziggourat monumentale, entourée des hauts greniers et des entrepôts chargés de riz, de graines et de céréales en abondance. L'air était chaud et humide, comme tous les jours dans cette partie du monde.

Une fois encore, la totalité du peuple de Casa-Verde avait été rassemblée : une foule nombreuse, misérable, agglutinée en un troupeau docile, et contrainte de manifester un enthousiasme débordant pour l'évènement. Mais si des sourires forcés et hypocrites éclairaient ces visages creux et livides, les regards las, absents et fatigués, eux, ne mentaient pas. Au premier rang, seules les élites de Casa-Verde, les guerriers, les bourreaux et les cadres, exprimaient une joie sincère. Aujourd'hui, en effet, les huit êtres qui se tenaient debout au milieu de la place, sous les yeux attentifs de tous, allaient unir leurs vies lors d'une cérémonie de mariage commune. Quatre couples allaient prononcer leurs vœux d'amour, d'union, de respect, de fidélité et de fertilité. C'était un grand jour.

Mais pour moi, c'était un jour épouvantable: gonflé de fierté et d'orgueil, j'allais certes m'élever vers les plus hautes sphères de Casa-Verde ; mais je n'oserais pas croiser le moindre regard dans la foule nombreuse des spectateurs. Car devant le peuple entier de Casa-Verde, j'allais renoncer à tout amour-propre, m'avilissant et mettant de côté tout code moral, en me soumettant à l'épreuve cruelle que les élites avaient prévue pour moi avant de m'accueillir dans leur cercle. Aujourd'hui, j'allais provoquer un choc profond à de nombreuses personnes. Beaucoup d'entre elles se moqueraient sûrement de moi et de mon sort en ricanant en silence, la plupart se murant dans une stupeur et une incompréhension totales. Comment pouvait-on accepter de s'avilir à ce point ? Mais je devais faire abstraction de toutes ces réactions. Il était beaucoup trop tard pour reculer, maintenant que j'avais accepté de payer le prix de mon ascension en renonçant à mon honneur et en me livrant à une expérience biologique aux frontières de l'espèce et de l'ignoble. Je devais tenir, je devais escalader cette pyramide, même si j'avais compris maintenant que nos élites cherchaient à se jouer de moi et à m'humilier.

Chassant ce tourbillon de pensées désagréables et amères, j'essayai de faire le vide. Je fermai les yeux un instant ; la foule silencieuse et désapprobatrice disparut de mon champ de vision, le noir se fit. Inspirant et soufflant profondément un grand volume d'air tropical, je chassai de mon esprit l'image de mes proches, de ma famille et de mes amis restés au pays, qui, s'ils avaient eu connaissance de l'acte ignoble auquel je m'apprêtai à me livrer, n'auraient pas voulu y croire. Outrés, scandalisés, étouffés par l'incompréhension et l'écœurement, ils m'auraient logiquement accablé de leurs jugements.

Un couinement irritant, suivi d'un grognement rauque, m'arracha à mes pensées. Le visage empreint d'une grimace de dégoût mal contrôlée, je tournai la tête vers ma future épouse qui se tenait maladroitement, mollement avachie sur le sol, à mes côtés.

Artémis et Bororo, après de longs échanges avec les biologistes et les généticiens de Casa-Verde, m'avaient attribué une femelle paresseux à gorge brune du nom de Mona-Lisa.

Comme toutes les créatures de sa race, c'était un petit mammifère laid et affreux, une sorte de brouillon raté d'être humain, une immonde caricature d'homme, hideusement stoppée à un moment de son évolution à la frontière entre l'animal et l'australopithèque. Elle avait le corps recouvert d'une toison épaisse, rêche et raide, de poils gris cendre, tachés çà et là de marques plus sombres. Sa tête ronde, plate, son nez retroussé et ses grands yeux vides et morts lui donnaient l'apparence d'une goule affamée. Cet aspect épouvantable était accentué par les longues griffes incurvées qui armaient ses membres antérieurs et postérieurs. Mona Lisa ne comprenait bien évidemment pas la raison de sa présence sur cette place, sous les yeux de cette foule silencieuse ; et sans pudeur, portée par cet instinct bestial, elle se léchait nonchalamment les poils, de sa longue langue râpeuse.

« Je vais me marier avec ça… je vais… m'unir… à cette créature », pensai-je le cœur au bord des lèvres. Une nausée douloureuse et acide refluait dans mon ventre, et je sentais qu'à tout moment j'aurais pu défaillir et sombrer, suffoqué par l'horreur concrète et organique de la situation effroyable dans laquelle je me trouvai. Livide, le cœur battant, un frisson glacé parcourant tout mon corps, je détournai mon regard amer et méprisant du petit être répugnant qui s'astiquait à mes pieds et je regardai droit devant moi.

« C'est un cauchemar, je vais me réveiller. »

Souriants, plusieurs prêtres de Gaïa, vêtus de belles robes pourpres, leurs têtes surmontées de tiares végétales complexes, s'avancèrent vers nous. Derrière eux, Jenyfer Swinton, avec son air affable de gentille grand-mère, somnolait sur son trône, doucement éventée par deux péons nus.

Le visage illuminé d'une expression de joie, un prêtre s'approcha de moi. Plongeant ses yeux dans les miens, il me passa autour du cou un pendentif en pierre de basalte noir qui représentait une déesse-mère des temps anciens, obèse, aux hanches larges et aux seins volumineux.

– Lars, notre frère ! cria-t-il sur un ton solennel, afin d'être entendu du plus grand nombre, ses deux mains lourdement appuyées sur mes épaules. Toi qui n'es pas un autochtone, toi qui as rejoint notre cité et notre civilisation, quittant la Babylone opulente et consumériste dans laquelle tu vivais, aujourd'hui tu prouves un peu plus ton attachement à Gaïa, ton amour de la nature et ton engagement sincère de vivre en harmonie avec toutes les créatures qui cohabitent sur cette terre, en prenant pour épouse Mona-Lisa, cette femelle paresseux. Tu es donc digne de rejoindre le premier cercle de la caste des guerriers, garant de la survie et de la protection des lois de notre civilisation parfaite. Puisse votre union être riche et fertile, et marquer le commencement d'un peuple nouveau d'hybrides, fusion parfaite entre l'homme et l'animal.

Pendant tout le temps de son discours, lourdement appuyé sur mes épaules, me hurlant dessus d'un ton solennel, il avait gardé son regard exalté et vif plongé dans le mien, semblant scruter le fond de mes pensées. Avait-il remarqué mon visage livide et effondré, mes membres tremblants et froids, mon regard vide, dégoûté et effrayé ? Avait-il lu mes pensées, l'écœurement, la colère envers ceux qui m'avaient forcé à me soumettre à cette épreuve, l'humiliation, la haine et la peur du jugement des autres ? Ou bien avait-il été conforté dans son idée et croyait-il sincèrement que j'étais heureux de me salir et de m'unir à cette créature monstrueuse, offrant mon corps à une expérience génétique répugnante et contre nature ?

Me laissant à mon trouble, il me décocha finalement un sourire paternel et se tourna vers mon épouse, dont il flatta la toison rêche d'une caresse amicale. Surpris et dubitatif, l'animal leva vers lui une tête idiote, poussa un couinement plaintif lorsque le prêtre lui accrocha au cou le pendentif de basalte, puis sans se soucier davantage de la folle cérémonie qui l'entourait, se consacra à nouveau entièrement à sa toilette.

Le prêtre s'adressa ensuite au couple suivant, qui formait lui aussi une union mixte contre nature.

– Vassili, il y a quelques jours, tu as tenté de fuir notre paradis et notre civilisation en te joignant à un petit groupe de traitres consuméristes et omnivores. Mais lorsque les Amazones vous ont rattrapés, tu as émis du fond du cœur le souhait de te racheter en te soumettant à un acte de foi. Aujourd'hui, tu prouves ton attachement profond, sincère et définitif à l'Ordre de Gaïa, en liant ton destin et ton sang à celui de Diane. Par cela, tu retrouves ta place parmi les péons, au sein de notre communauté.

Le prêtre plongea son regard pétillant et vif dans celui du jeune Russe, qui baissa les yeux, intimidé et honteux. Le rouge du malaise et de l'humiliation monta à ses joues. À côté de lui, Diane, une femelle tapir au corps massif, recouvert d'un cuir très épais, fouillait nonchalamment la poussière de sa trompe, indifférente et blasée. Inspirant une grande bouffée d'air, Vassili rassembla tout ce qui lui restait de courage et d'énergie pour déclarer dans un murmure faible et docile :

– Je remercie Gaïa de me permettre d'unir en harmonie, par mon sang, deux espèces de sa création.

Satisfait, le prêtre sonda quelques instants encore de ses yeux amusés le visage du jeune homme, puis il s'avança vers les deux derniers couples, qui se tenaient à nos côtés, droits, fiers et flamboyants. Leur grâce, leur charisme et leur prestance contrastaient avec nos sentiments de malaise, d'humiliation, d'avilissement et de ridicule. Les deux femmes étaient de superbes guerrières, grandes et élancées. Leurs corps ambrés étaient sensuellement mis en valeur par des parures végétales complexes, des peintures corporelles vives et des pagnes ocre. Je reconnus l'une d'elles, ses grands yeux verts humides et vénéneux, sa longue crinière auburn qui tombait lourdement dans le creux de ses reins. Artémis Swinton, la poitrine gonflée d'orgueil, le menton haut, toisait le prêtre et l'assemblée d'un regard fier et conquérant. Un sourire magnifique et carnassier illuminait son visage vainqueur. Dans l'assemblée des élites, face à elle, sa grand-mère Jenyfer, cette femme qui régnait sans partage sur notre civilisation, la couvait d'un œil tendre et aimant, brillant de larmes de cristal. Toutes les rides et tous les plis de son visage émacié étaient fripés en une expression de bonté et d'amour infini. L'autre jeune femme avait un air mauvais et cruel, que rehaussait le ton trop noir de sa longue chevelure. Elle aussi croquait l'univers avec assurance et confiance, jetant des éclairs de son regard sombre et malicieux. Il s'agissait de Leyla, la guerrière qui inspirait la terreur à tous les péons.

Les deux hommes qui se tenaient à leurs côtés étaient interchangeables tant ils étaient semblables. Deux guerriers Yanomami aux grands corps massifs de colosses de bronze musculeux, recouverts de peintures écarlates, de parures et de scarifications effrayantes. Leurs visages aux pommettes saillantes, leurs chevelures noires huilées et leurs yeux ténébreux écarquillés et injectés de sang, du fait de l'usage régulier de drogues psychotropes, leur donnaient l'apparence de démons fous furieux. Leurs noms seuls inspiraient la terreur.

– Aujourd'hui est un jour merveilleux et précieux, commença le prêtre d'une voix chaude et enthousiaste, donnant l'accolade aux quatre magnifiques jeunes gens. Nous allons unir deux couples qui représentent la perfection et l'aboutissement de la beauté créée par notre civilisation. Leyla, petite-fille de Nathanaël, et Artémis, fille de notre mère à tous, vont lier leurs destins à Tayel et Bororo, les guerriers les plus puissants et les plus respectés d'*Utopia*. C'est une grande joie pour moi que de leur remettre les symboles de leur union.

Au moment où le vieux prêtre passa à leurs cous les pendentifs de basalte grossiers, des hurlements de bonheur s'élevèrent telle une tempête des rangs des élites de Casa-Verde. Aussitôt, les sistres, les tambours, les flûtes et les divers instruments de l'orchestre retentirent d'une cacophonie bruyante et enjouée, soulignant par des notes de musique gutturales et sauvages l'explosion d'allégresse qui avait saisi nos dirigeants. Dociles, disciplinés et forcés par les regards noirs et sévères de leurs bourreaux, à leur tour les péons se mirent à applaudir mollement, sans enthousiasme ni sincérité.

Pressées contre les torses larges et musclés de leurs nouveaux époux, les deux guerrières balayaient la foule de leurs regards fiers et défiants. Inondées de gloire et flamboyantes, elles se savaient terriblement belles, enviées, haïes et désirées par ces hordes d'esclaves, tandis que leurs maris, géants étincelants d'orgueil et de force, levaient leurs bras puissants vers le ciel en signe de joie et d'allégresse. Tout le monde n'avait d'yeux que pour ces couples parfaits et heureux, tandis que le jeune Russe et moi, nous étions laissés à notre colère, notre effroi, notre dégoût et notre honte.

***

Leyla

Après que notre union fut célébrée, Tayel me porta jusqu'à la pirogue décorée de lianes et de fleurs qu'il avait amarrée dans la boucle du fleuve, sur les rives de la Ville-Haute. Au moment où il me déposa délicatement dans le fond du long bateau, un sourire amusé illumina mon visage lorsque je vis, rangés dans des sacs en jute, les préparatifs d'une expédition romantique : des fruits, des branches de canne à sucre, du tabac, du chanvre à fumer, ainsi que plusieurs amphores que j'imaginai gorgées d'alcool fort. Des armes, des couvertures et des rames complétaient l'équipement.

– Tu nous as préparé une douce lune de miel ? lui demandai-je sur un ton malicieux, alors que Bororo prenait place agilement à l'avant du bateau, malgré son grand corps lourd.

Empoignant sa rame, il se retourna vers moi, et déclara calmement :

– Nous allons remonter le fleuve sur plusieurs kilomètres jusqu'à une plage que j'ai repérée au cours d'une patrouille. Cet endroit est un cocon idéal pour prendre tout le temps qui nous sera nécessaire pour faire des enfants. Nous avons de la chance, Gaïa est avec nous : tu es en pleine période fertile.

Un peu frappée par le manque de tact et le ton direct avec lesquels Tayel avait annoncé le projet de m'amener dans un cadre idyllique pour me mettre enceinte, j'accusai le choc un instant, le visage défait et sombre. Révoltée, mais cherchant à masquer ma colère, je plongeai ma rame dans l'eau, et pagayant en cadence, nous éloignâmes la barque de la rive, avançant lentement sur le large fleuve. De part et d'autre des eaux tranquilles, chargées de terre rouge et ocre, la forêt défilait, étouffante, dense, en un chaos grotesque et inextricable de plantes folles et surréalistes, un rideau de lianes, d'arbres verts, de plantes grasses et d'herbes hautes, d'où s'élevaient les criaillements, les hurlements, les mugissements et les crissements aigus d'une faune invisible.

Notre barque avança ainsi pendant plusieurs heures, plongée dans un silence qui me mettait mal à l'aise, alors que je posai sur le dos large et musclé de mon époux un regard électrique et coléreux. Les paroles maladroites qu'il avait prononcées tournaient sans cesse dans ma tête, alimentant une rancœur et une rage étouffées.

Tayel, quant à lui, ne semblait pas gêné par ce silence épais, et me tournant le dos, il ne devinait rien, me laissant seule avec mes idées noires et ma frustration de ne pas pouvoir les exprimer. Chaque fois qu'il plongeait sa rame dans l'eau, il levait vers le ciel nuageux et vers la forêt verdoyante un regard curieux et satisfait. Heureux, il savourait l'instant en toute innocence.

Au moment où, n'en pouvant plus de ruminer et de frémir seule à l'arrière du bateau, je m'apprêtais à laisser exploser ma réprobation, Tayel déclara tout à coup d'un ton timide, maladroit et candide, sans se retourner :

– Je remercie Gaïa de m'avoir accordé la chance et l'honneur d'être ton époux, Leyla. Tu es une belle femme, une redoutable guerrière, une meneuse charismatique ; tu incarnes l'âme et la force de notre civilisation. Ce n'est pas du sang qui coule dans tes veines, mais de la lave, un magma puissant et chaud qui te donne cette force et cette autorité naturelles que tu as en toi. Tu es le fer de notre armée, une dryade combattante.

Il marqua une pause, puis, ayant cessé de ramer un instant, il sembla pencher la tête et je vis son dos large et puissant s'arrondir.

– Je suis moi-même un grand guerrier, mes hommes me craignent et me respectent. De mes poings, je peux rompre la pierre et tordre l'acier. Lorsque je projette un javelot ou une flèche, je touche toujours ma cible. J'ai écrasé de mes mains beaucoup de péons qui avaient trahi Gaïa. Je cours aussi vite que le jaguar, je grimpe aussi haut que le macaque. Ensemble, nous formerons un couple puissant. Nous pourrons mener l'armée d'*Utopia* hors de ses frontières, à la conquête des territoires où les hommes continuent à faire du mal à la nature et à offenser Gaïa.

Il marqua à nouveau une pause, puis sa voix se fit plus assurée, plus forte, plus déterminée.

– Depuis que je t'ai vue, depuis que j'ai souhaité que tu sois ma femme, je rêve de conduire, à tes côtés, nos armées hors de nos forêts et de porter notre civilisation sur tout le continent. Ensemble, nous détruirons les villes, nous rendrons les routes, les usines, les champs et les ports à la nature, purifiant par l'eau et par le feu les germes malades des civilisations industrielles. Je crois que nous pourrons mener notre croisade jusqu'aux vastes territoires du Canada, ces grands espaces colonisés d'où un immense réseau de fermes et de champs cultivés inonde en nourriture la moitié du continent. Nous serons grands, nous serons puissants, et nous ferons un monde à notre image.

Abasourdie par ce long monologue, tantôt timide et maladroit, tantôt conquérant et résolu, qui venait de rompre sans crier gare un long silence au cours duquel j'avais ruminé de mauvaises pensées, je restais dubitative et prostrée devant une telle déclaration d'amour. Tout à coup, tout ce qu'il y avait de rancœur, de rage étouffée, de paroles blessantes et de traits prêts à être lancés, se dissout en moi et disparut, s'en allant dans le fleuve comme un flot putride aussitôt évacué, aussitôt oublié. Ces paroles m'allèrent droit au cœur, qui se mit à fondre, avec mes défenses, ma puissance, mon mépris et ma fierté. Pour la première fois de ma vie, quelqu'un m'avait désarçonnée et touchée avec des mots. Il ne faisait pas de doute que ce grand homme maladroit et puissant, le plus fort et le plus brave de nos guerriers, m'aimait plus que tout. Et… moi aussi je l'aimerai… de tout mon cœur. Ensemble, nous serions invincibles. Ensemble, nous serions des dieux.

– Tayel… murmurai-je dans un souffle tendre et chaud.

Posant sa rame, le colosse se retourna lentement, faisant vaciller la barque, et il plongea son regard timide dans mes yeux noirs. Je vis alors son visage s'illuminer, un sourire soulagé et heureux courbant ses lèvres dans une expression de joie sincère. Débordant, dégoulinant de tendresse, de sensualité et de désir, je lui décochai un long regard de braise, les lèvres humides. Puis, rugissant tel un puma, je me jetai sur mon époux d'un bond agile. La barque faillit se renverser dans un clapotis paniqué. Collant mon corps à son large torse de bronze, je dévorai son visage de milliers de baisers.

Sur cette barque qui glissait sans un bruit sur le large fleuve, dans cet écrin de nature intact, nos corps s'unirent, sous le regard complice de la grande déesse.

Au-dessus de nous, le ciel se chargeait peu à peu de lourds nuages noirs, moutonnant et grossissant. Un vent moite commençait à se lever, ridant les eaux du fleuve qui prirent une teinte brun-gris, alors qu'un rideau d'obscurité tombait sur la végétation.

***

Lars

À la suite de la cérémonie de mariage, mon épouse et moi nous étions vu offrir une des chambres les plus luxueuses de la Ville-Haute : une cabane en pilotis, couverte de larges feuilles de palmiers, qui surplombait les eaux calmes de la boucle du fleuve.

Accoudé au rebord de la fenêtre, je regardai d'un œil absent les autres habitations de la Ville-Haute, là où vivaient les élites et les personnes indispensables au bon fonctionnement de notre civilisation. Cette ville suspendue, tout en bois et en feuillages, inspirait un sentiment d'aisance, d'ordre et de propreté, bien loin de l'enfer des huttes de torchis, de boue et de mort de la masse des péons. Le fleuve, large et beau, s'écoulait sereinement ; rien n'arrêterait jamais sa marche. Au-dessus de la forêt ruisselant d'un vert sombre et humide, le ciel était bas. Des nuages noirs, roulant et moutonnant, grossissaient à vue d'œil. L'air était lourd et moite.

Tirant une large latte de mon cigare de chanvre, un gobelet d'alcool de sucre dans la main, je m'apprêtai à me laisser de nouveau emporter dans mes pensées et mes rêves quand un criaillement suraigu et animal s'élevant dans mon dos me ramena à la réalité brute.

Mona-Lisa, mon épouse, gigotait dans la chambre, grimpant sur les murs, se roulant sur le lit, intenable et sauvage. Il était facile de comprendre qu'elle ne se sentait pas du tout à son aise dans cette prison de bois obscure et artificielle, dans laquelle elle se retrouvait avec un grand inconnu d'une autre espèce.

Mona-Lisa… mon épouse… fermant les yeux afin d'en profiter un maximum, je tirai une ultime bouffée de mon cigare dont je jetai le cadavre dans le fleuve. Puis, d'un geste sec, je portai le gobelet à ma bouche et le vidai d'un trait, l'alcool fort et sucré me brûlant la langue, puis le gosier, et enfin l'estomac. Une sensation chaude et apaisante se répandit alors en moi, anesthésiant mes entrailles et ma raison. L'ivresse me saisit enfin, et Dieu sait que j'en avais bien besoin, au moment où j'allai me livrer à l'acte le plus ignoble, le plus dégradant et le plus humiliant de toute ma vie.

Afin d'accéder aux plus hautes sphères de Casa-Verde, je m'étais engagé à consommer mon mariage et à donner à mon épouse de beaux enfants, les premiers spécimens hybrides, qui devaient sceller l'union définitive entre l'homme et l'animal.

D'un geste las, je fis tomber mon gobelet dans le fleuve. Je fermai les yeux et inspirai une large bouffée d'air, laissant les effets de l'ivresse et de la drogue m'envelopper et s'emparer de moi, afin que je perde le contrôle de tous mes sens et de toutes mes terminaisons nerveuses.

Allez ! Me dis-je sans aucune conviction, cela ne doit pas être si terrible, cela ne sera qu'un court moment à passer. Il suffira que je ferme les yeux et que je me projette le visage délicat et le corps sublime d'Artémis. Allez ! Une fois encore il faut que je prouve mon courage et que j'accomplisse ce qui est nécessaire pour achever de gravir les échelons de cette société. Je dois le faire.

Derrière moi, Mona-Lisa continuait à gémir et à couiner, surexcitée et animale. Ses hurlements stridents et aigus frappaient mes oreilles avec cruauté, m'arrachant à mes fragiles pensées optimistes d'autoconviction et balayant d'une rafale sauvage les efforts que je faisais pour relativiser et banaliser l'acte dégoûtant auquel j'allais me livrer. Ces cris horripilants me rendirent presque fou, et portant mes mains à mes oreilles, je me crispai dans une attitude de défense et d'effacement. Il fallait que je voie les choses en face, sans circonstances atténuantes. J'étais devenu un moins que rien, sans fierté ni valeur.

Saisi par une rage et un dégoût profond, toute ivresse ayant disparu, au bord de la folie, je poussai un cri haineux, et me retournant vers la chambre, je dénouai mon pagne d'un geste rapide et m'avançai vers le lit d'un pas ferme, prêt à me jeter sur le paresseux femelle et à accomplir mon devoir.

Le silence de la fin de journée fut rompu par une rafale, soudaine et violente, qui sembla surgir des profondeurs noires de la forêt, faisant danser et ployer les arbres et les branches. Dans le ciel, la chape de nuages se fit plus sombre, plus lourde, plus menaçante, et tout à coup, le tonnerre gronda au loin, puissant et terrible à en renverser les fondations minérales de la Terre. Un éclair blanc zébra le lointain avec un déchirement électrique puis des gouttes de pluie commencèrent à tomber, tambourinant sur le toit de la cabane. Le tintement léger et sporadique devint peu à peu un rideau dense de trombes d'eau qui s'écoulèrent du ciel, une averse violente qui cribla les eaux grises du fleuve avec un crépitement d'arme à feu. Maintenant, tout était gris, comme couvert de cendres, plongé dans une obscurité moite, tandis que le vent arrachait des vagues écumantes qui venaient se fracasser sur la rive. Ballotées dans tous les sens, les cabanes sur pilotis commençaient à tanguer dans un grincement de bois déchirant.

Paniquée, rendue encore plus folle et plus bestiale par la tempête qui commençait, Mona-Lisa redoubla de cris et de couinements, et sans égards ni un regard pour moi, elle détala à toute vitesse, s'enfuyant de la cabane par la fenêtre, me laissant là avec ma honte, le pagne sur les chevilles, le sexe à l'air, interdit, dubitatif et idiot face au lit défait. En une fraction de seconde, dans le grondement du tonnerre et de l'orage grossissant, Mona-Lisa venait de quitter ma vie.

Chapitre 5 – La révolte

Damien

– Esther, Piotr, Irina, Viktoriya, le temps se gâte, il faut nous mettre à l'abri sans tarder.

En quelques secondes, le ciel noir et moutonnant, qui avait pesé toute l'après-midi comme une chape menaçante, se déchira et creva, déversant des trombes d'eau tiède qui criblèrent le sol et la végétation tels des projectiles solides. Des éclairs prodigieux se mirent alors à zébrer le ciel, cinglant comme des claquements de fouets électriques, et des rafales d'un vent chaud et puissant soufflèrent, agitant les marais et les arbres de mouvements grotesques.

Heureusement, au moment où l'orage qui grondait devenait plus violent et plus impressionnant, tout notre petit groupe s'était réfugié sous le toit de tôle rouillé et couvert de lianes d'une ancienne station-service située aux portes de ce qui avait été autrefois la ville d'Iquitos. Essoufflés, hébétés, pétrifiés par la violence et la brutalité des éléments qui se déchaînaient sous nos yeux, nous contemplâmes en silence l'eau et le vent qui cinglaient la terre, criblant d'un million d'impacts les ruines rouillées, inondées du vert spongieux de la végétation gluante des marais.

Nous avions eu beaucoup de chance de trouver un abri, car la chaîne de fer qui nous entravait et qui nous liait tous par les chevilles, telle une grappe de chair humaine, ne nous aurait pas permis de courir bien loin. Silencieux et plongés dans l'expectative, nous regardâmes – sans réaction ni signe d'émotion quelconque – nos gardiens paniqués et perdus, armés de leurs gourdins courir dans tous les sens en hurlant, tombant dans les flaques, éclaboussés de boue. Esther vint se blottir contre moi, et je l'enlaçai avec toute la chaleur que je pouvais lui procurer. Devant nous, une rafale plus violente et plus soudaine que les autres se leva, emportant dans sa fureur les restes rouillés d'un ancien panneau publicitaire qui s'écrasa avec un bruit sec sur le visage d'un de nos bourreaux empêtrés dans la boue. Ce dernier s'écroula net dans la fange et les algues. À cet instant, la tempête redoubla d'intensité. Le vent chaud et moite soufflait en rafales destructrices qui renversaient tout sur leur passage, vidant les flaques et les mares nauséabondes, pour en reconstituer de nouvelles quelques mètres plus loin. Dans sa fureur, le vent balaya les ruines d'Iquitos, arrachant aux débris et aux bâtiments de la cité des tonnes de tôle, de pierres et de déchets qui, ballotés dans tous les sens entre les différentes couches d'air en furie, étaient transformés en projectiles meurtriers. Perturbées et secouées par ce chaos, les trombes d'eau qui tombaient du ciel se disloquèrent en un rideau de fines gouttelettes qui collaient à la peau et transformaient peu à peu le sol vaseux du marécage en un véritable lac. Le vacarme était à la fois prodigieux et insupportable, un grondement qui semblait s'élever depuis les profondeurs des entrailles du monde. Nous avions ainsi l'impression d'être enfermés dans une gigantesque machine à laver, qui à force de grandes eaux et de mouvements violents avait pour objectif de purifier les ruines de cette cité de tout son superflu. Esther, frigorifiée et couverte de gouttelettes, se blottit encore plus contre moi, collant son torse au mien et plongeant sa tête dans ma poitrine. Bien que moi aussi gelé, je la serrai avec force, essayant de lui transmettre un peu de chaleur. Depuis quelques jours, la pression de son corps contre le mien, sensation pourtant si familière, avait quelque chose de différent, confirmant un pressentiment qui alimentait à la fois une crainte et un espoir qui grandissaient en moi. Je sentais contre moi la forme différente de son ventre, pourtant si plat, qui commençait doucement à s'arrondir. Ce changement morphologique était encore très discret, presque imperceptible, mais la peau tendue, lisse et légèrement bombée ne mentait pas. Esther était enceinte.

– Cette tempête n'en finit pas, murmura Irina, livide. Heureusement, cette ancienne station-service semble solide.

– La tempête nous a isolés, commenta Piotr sur un ton neutre. Les bourreaux, les autres prisonniers de l'équipe de maraude, tous ont disparu. J'espère qu'ils ont pu trouver un abri.

– Si le vent peut tuer quelques bourreaux, ce serait une bonne chose, déclara Viktoriya, amère.

– Les premiers qui souffriront de cette catastrophe, ce seront nos frères péons, répondis-je d'un ton grave. Il va y avoir beaucoup de victimes.

Esther leva alors son visage vers le mien et me toisant de ses grands yeux sombres, elle déclara avec une assurance et une fermeté qui me surprirent :

– La vie va être encore plus difficile et plus insupportable. Il n'est plus question de vivre ainsi !

Sans un mot, nous restâmes debout sous le porche de la station-service, les pieds campés dans la terre détrempée, regardant d'un air absent et fatigué la tempête qui continuait à lessiver les ruines et les marais.

Les rafales violentes se transformèrent d'abord en un coup de vent vif ; puis en une brise légère qui ridait le lac d'écailles de poisson délicates. Les écluses du ciel se refermèrent enfin et la pluie cessa soudainement, laissant dans son sillage un air lourd, glauque et humide. Dans le calme surnaturel qui succéda au chaos, les odeurs et les senteurs moites et végétales du marais s'exhalèrent et montèrent des mares nouvelles et des ruines couvertes d'algues gluantes, formant un bouquet fort, mais agréable et vivifiant qui nous tira de notre torpeur. Le ciel était encore de couleur cendre, de lourds nuages continuant à rouler et à moutonner au-dessus de la forêt luxuriante.

– Bon, nous allons pouvoir rentrer à Casa-Verde, murmurai-je.

Épuisés, mais soulagés d'avoir survécu à cette catastrophe, nous sortîmes de notre cachette, titubant dans les flaques, nos pieds nus écrasant les rares mottes de terre gorgées d'eau qui émergeaient çà et là. Notre progression était lente et maladroite, notre vigilance étant essentiellement absorbée à épier les éventuels serpents et autres créatures mortelles qui pouvaient se cacher dans les trous d'eau. Mais, nous aidant, portant ceux qui tombaient épuisés, faisant preuve d'une grande solidarité, notre groupe arriva en fin d'après-midi en vue du mur qui séparait les marais de la ville de Casa-Verde. Sur le chemin, nous ne vîmes personne d'autre… si ce n'est quelques cadavres fracassés qui gisaient à moitié enfouis dans la vase.

À bout de forces, nous déployâmes ce qui nous restait d'énergie pour gravir le mur.

Lorsque nous arrivâmes en haut de la butte, le spectacle qui s'offrit à notre vue nous arracha un cri de stupeur, de tristesse et d'effroi. Effondrés, bouleversés, nous portâmes nos mains à nos visages, tétanisés.

La tempête avait ravagé Casa-Verde, et la ville, lessivée, n'était plus qu'un champ de ruines. Les cahuttes et les taudis des péons gisaient sur la terre noire gorgée d'eau jusqu'à la nausée, en amas inextricable et chaotique de branches, de feuillages et de bois. Aucun bâtiment n'avait été épargné. Les greniers aux panses éventrées avaient déversé leurs stocks de graines dans la boue nauséabonde. La place principale de la cité n'était plus qu'une gigantesque mare d'eau stagnante et croupie. Sous les tas de branches et les huttes écroulées, des centaines de cadavres disloqués gisaient, maculés de terre, le visage planté dans la vase. Un silence de mort pesait sur ce cimetière humide. Au milieu de cet enfer, les milliers de survivants erraient, hagards, perdus et désemparés, le regard vide dans lequel se lisaient l'horreur et l'effroi des dernières heures, pataugeant dans une fange humide et malsaine. Les plus épuisés s'étaient laissés choir sur le sol détrempé, ne prêtant même plus attention aux cadavres qui pourrissaient dans l'indifférence générale. Et au-dessus de cette foule de morts-vivants déguenillés, la Ziggourat, intacte, se dressait avec arrogance, écrasant de sa masse de pierre la cité rasée et redevenue en un instant le marécage nauséabond sur lequel elle avait été bâtie.

Muets, n'osant rompre ce silence de mort, nous descendîmes la butte et pénétrâmes en file indienne dans la cité dévastée, d'un pas lent de condamnés, croisant des milliers de regards désespérés, où la souffrance et la lassitude se mélangeaient en une tristesse incommensurable.

Dans cet air moite, les bataillons d'insectes et de larves, les nuées de moustiques et de lentes commencèrent à sortir de leurs trous, assaillant impitoyablement les survivants épuisés auxquels Gaïa semblait ne vouloir laisser aucun répit. Bientôt, les bourdonnements de ces créatures virevoltantes allaient nous rendre fous.

Et ce qui devait arriver arriva. Oubliant l'espace d'un instant toutes les règles et toutes les lois de ce lieu, un péon à bout de forces, à bout de nerfs, dans un geste sec, instinctif et naturel, frappa le moustique qui, posé sur sa joue, lui perforait la peau en toute impunité. L'insecte bourdonnant fut écrasé et jeté sur le sol.

Un bourreau, témoin de ce meurtre, poussa un hurlement de rage, s'avança vers le péon, et d'un geste sec lui assena un violent coup de gourdin qui lui fit exploser la tête dans une fleur de sang et de cervelle, sans autre forme de procès.

Quelque chose d'impensable se produisit alors : une dizaine de péons – qui avaient été témoins de l'exécution de leur camarade – encerclèrent le meurtrier. Les mâchoires serrées, les poings crispés de rage, les yeux brillants de haine, ils sentirent monter en eux une force nouvelle, nourrie par cette injustice de trop. Se saisissant de pierres et de briques cassées, ils se jetèrent sur le bourreau qui – face à cette situation inédite – resta tétanisé et n'esquissa même pas un geste de défense. Rugissant comme des bêtes folles, les péons le massacrèrent, brisant toutes les parties de son corps, qui ne fut bientôt plus qu'une bouillie grumeleuse de sang et d'os. Levant leurs armes ensanglantées vers le ciel, les vengeurs poussèrent des hurlements joyeux, sauvages et guerriers qui se répercutèrent dans tout Casa-Verde. À cet instant, leurs cris barbares furent repris par des milliers de péons, et la clameur se répandit dans toute la cité comme une trainée de poudre. En quelques secondes, la population abattue qui errait silencieuse et hagarde dans les ruines, explosa. Tous avaient des expressions effrayantes sur leurs visages, comme si toute la peur, toute la souffrance, toutes les injustices endurées depuis des années par ce peuple d'esclaves dociles trouvaient enfin un moyen de s'exprimer. La révolte des péons commençait.

Un chaos indescriptible s'empara alors de la ville, une clameur violente et un fracas épouvantable se répercutèrent partout. S'armant de pierres, de bouts de bois et de briques brisées, les péons excédés se mirent subitement à attaquer les bourreaux et les chefs d'équipe.

En une fraction de seconde, la peur avait changé de camp, et les esclaves d'hier se livraient à un massacre aveugle et bestial, la souffrance, le désespoir et le désir de revanche ayant tué en eux toute pitié. Dans les ruelles de terre battue, entre les huttes jetées sur le sol, une horde déchaînée d'individus galopant, vociférant et gesticulant, comme saisis d'une folie destructrice, s'écoula et se déversa, à la manière d'une marée fracassante. Les péons, créatures si dociles, si frêles et si craintives, mues par l'énergie du désespoir, livrèrent alors bataille dans toute la cité, déclenchant des combats de rue sanglants.

Profitant de la panique, du chaos et du fracas dément qui s'étaient emparés de la ville, dans le tumulte de cette foule grouillante, je fis signe à des camarades de venir nous aider à nous défaire de nos chaînes. En un coup de marteau, l'affaire fut réglée, et nous retrouvâmes notre liberté.

Nous précipitant dans le tourbillon de la bataille, nous ramassâmes toutes les choses qui pouvaient nous servir d'armes, et sans hésitation ni peur, nous nous jetâmes dans la violente mêlée, les poings levés vers le ciel, les yeux illuminés d'une flamme déterminée. Face à nous, les bandes dispersées et isolées de bourreaux, d'Amazones et de guerriers, remis de leur surprise et de leur choc initial, reformaient des groupes de combat et s'apprêtaient à nous livrer bataille. Au moment où notre horde s'écrasait violemment dans une course précipitée sur leurs lignes, je veillais cependant à chaque instant à protéger Esther ainsi que l'enfant qu'elle portait.

***

Leyla

L'orage violent qui s'était abattu sur le fleuve et la forêt avait bien failli nous tuer. Au moment où Tayel et moi nous offrions notre premier instant de complicité et de passion, les écluses du ciel s'étaient ouvertes, et des trombes d'eau s'étaient écrasées sur la terre, criblant les arbres et les eaux de millions d'impacts crépitants. Les violentes rafales avaient soulevé des vagues écumantes gigantesques qui avaient manqué de renverser notre barque et de nous noyer dans les eaux grises chargées de vase.

Collés l'un à l'autre, nous restâmes prostrés, les yeux fermés, attendant patiemment que passe la colère de la déesse, et priant pour que son ire ne nous emporte pas au fond du fleuve.

Puis, comme par magie, la fureur des éléments s'était tue. Le vent était tombé et la pluie avait cessé. Sortant timidement de notre état d'expectative, comme émergeant craintivement du chaos d'un profond cauchemar, à la fois surpris et soulagés d'être encore en vie, nous posâmes autour de nous un regard brouillé et confus. Les eaux chargées de terre et de débris végétaux du large fleuve, les berges sablonneuses, lessivées et retournées, ainsi que les arbres et la végétation renversés étaient la preuve de la violence extrême de la tempête qui s'était abattue sur notre coin de forêt.

Sans plus attendre, et sans échanger un mot, le cœur toujours battant et les membres frissonnants de cette impression à la fois étrange et agréable d'avoir traversé l'enfer et d'en être ressortis indemnes, nous plongeâmes nos rames dans l'eau et entreprîmes de retourner à Casa-Verde.

– Leyla ! J'ai l'impression qu'il se passe quelque chose de terrible ! Hâtons-nous !

Bien avant que les silhouettes familières et rassurantes de la Ziggourat et des plus hautes habitations ne surgissent devant nous au détour de la boucle du fleuve, une clameur inquiétante nous parvint, un fracas puissant et indistinct, étouffé par la muraille dense et inextricable de la forêt qui s'élevait entre la ville et nous. À mesure que notre barque nous approchait de la cité, et que les hauts bâtiments grossissaient devant nous, cette clameur sauvage et ce fracas violent se renforcèrent. L'appréhension, un pressentiment désagréable et une peur indistincte serrèrent nos cœurs et nos entrailles. Des frissons glacés parcoururent nos échines, et mus par une sensation déplaisante, nous pagayâmes de plus en plus vite. Ainsi, au moment où notre barque heurta enfin le rivage sablonneux de la Ville-Haute, nous comprîmes que notre mauvais pressentiment était bien en dessous de la terrible réalité qui se dessinait cruellement devant nous. Effarés, nous découvrîmes une véritable scène de guerre.

Dans les ruelles dégorgeant de décombres de la ville ravagée, lessivée par la fureur de la tempête, la horde des centaines de milliers de péons, mue par une force et un courage inédits, avait plongé la cité dans le chaos, allumant partout les feux brûlants de la révolte. Un fracas effroyable, une clameur sauvage, la violence d'une mêlée au vacarme effrayant se répercutaient jusqu'au ciel, comme si le monde était tout à coup frappé d'une folie meurtrière. En des centaines d'endroits, les rangs des guerriers, des Amazones et des bourreaux étaient isolés, harcelés par des péons plongés dans un état de transe, qui se jetaient dans la bataille, armés de pierres et de morceaux de bois, avec toute la force qu'ils pouvaient encore puiser dans leurs corps fragiles.

Heureusement, en une seconde l'effroi et la stupeur qui s'étaient emparés de nous avaient disparu. Tayel et moi étions deux soldats protecteurs de notre civilisation, et notre mission était de sauver notre cité et notre déesse de leurs ennemis. Si les péons, fous mécréants, avaient décidé de trahir nos lois et de se révolter, il était de notre devoir de prendre part aux combats et de les mater, aux côtés de tous les guerriers et de tous les bourreaux de Casa-Verde. Leur révolution devait être vaincue.

– Saisis tes armes et suis-moi ! déclara Tayel d'une voix forte.

Sautant avec agilité de notre barque, nous échangeâmes un regard sombre et déterminé, le regard que s'échange un couple de combattants, puissants et formidables. D'un geste, Tayel m'envoya ma lance que j'attrapai en plein vol, et je ramassai ma dague et mon poignard d'obsidienne. Me jetant une dernière œillade, harnaché de son gourdin, de sa masse et de ses poignards, Tayel s'élança depuis la rive sablonneuse vers la cité ravagée, puissant colosse de bronze dont la charge renversait tout sur son passage.

– Je te suis, mon amour ! nous allons faire couler le sang pour Gaïa ! m'écriai-je.

Le chaos et le fracas de la bataille autour de nous étaient indescriptibles. Partout, des petits groupes de guerriers et de bourreaux menaient des combats acharnés contre les hordes de péons faméliques et hystériques qui les harcelaient. Au milieu du tumulte et du vacarme, le sol et les ruines de la cité étaient déjà jonchés de milliers de cadavres et de blessés agonisants.

– Attention, sur ta droite ! s'écria Tayel.

Me retournant juste à temps, j'évitai l'attaque molle et maladroite de trois péons armés de pierres. Les esquivant sans difficulté, j'en embrochai un avec ma lance, frappant les deux autres de ma dague. Les trois assaillants s'écroulèrent dans un râle pitoyable et impuissant.

Au même moment, Tayel éclatait les crânes de plusieurs péons, distribuant avec sa large massue des coups d'une puissance inimaginable. Autour de lui, les têtes explosaient en formant de magnifiques fleurs écarlates.

Ne marquant pas de pause, d'un geste rapide et sûr, je propulsai ma lance qui vint empaler un esclave plus fougueux et plus courageux que les autres. Ce geste permit au groupe de bourreaux qui était attaqué de reprendre son souffle, et de passer d'une attitude défensive à une attitude offensive. Hurlant de rage, ils poursuivirent les péons faunesques qui menaçaient de les submerger quelques secondes plus tôt. Ils en abattirent deux dans leur course, mais mal leur en prit, car surgissant de derrière un mur de terre et de branchages, une horde de démons les surprit et se rua sur eux, les massacrant à coups de pierres et de tessons.

Bousculant d'un coup désinvolte l'assaillant qui lui livrait combat, Tayel se précipita en hurlant vers le groupe qui avait massacré les bourreaux, poussant un cri puissant, brandissant sa massue telle un colosse des temps antiques. Pétrifiés par cette vision cauchemardesque, les péons s'éparpillèrent dans un sauve-qui-peut pitoyable. Plusieurs d'entre eux tombèrent, écrasés et broyés par la force de mon époux.

De mon côté, deux jeunes péons, plus téméraires que les autres, entreprirent de m'affronter ; initiative ridicule et perdue d'avance. Sans égard ni passion, je les expédiai au sol rapidement, découpant sur leurs poitrines de larges plaies béantes desquelles s'écoulait un sang noir et épais.

Ainsi, duel après duel, la bataille se poursuivait. La terre, recouverte de milliers de cadavres broyés, était gorgée de sang jusqu'à la nausée. Au milieu des ruines, nous pataugions dans une mare indistincte de boue, d'entrailles et de corps enchevêtrés.

Les guerriers étaient certes plus puissants et beaucoup mieux entraînés, mais mus par une énergie inédite, et par la rage du désespoir, les péons faisaient force de leur nombre. Ils nous assaillaient comme des nuées de mouches, attaquant, refluant, puis revenant à la charge.

Envoyant au tapis encore deux d'entre eux, je marquai une pause, essoufflée, épuisée, le corps couvert de sueur et du sang de mes victimes. Haletante, je posai un regard brouillé et vague sur le chaos qui se déroulait autour de moi. Les guerriers se battaient toujours avec force et technique, mais je lisais dans leurs yeux et dans leurs gestes un début de fatigue, de lassitude et surtout… de doute. Beaucoup n'étaient maintenant plus certains que l'issue de cette bataille leur serait favorable.

C'est à ce moment que, stupéfaite et choquée, je vis Tayel, accompagné de deux bourreaux, reculer devant une horde glapissante de péons en furie. L'homme de ma vie, ce puissant colosse, mon époux, rendait coup pour coup, écrasant une poitrine ou un crâne à chaque moulinet de sa massue. Mais il se repliait, il fléchissait, les jambes tremblantes, hésitant, butant sur les cadavres qui se trouvaient sur son chemin. Il faiblissait. Et il n'était pas le seul.

Sous mes yeux ébahis, les groupes isolés de guerriers et de bourreaux flanchaient les uns après les autres autour de moi. Ceux qui, quelques minutes auparavant, se battaient encore avec courage et acharnement, rompaient peu à peu les rangs. Épuisés, à bout de forces et sans espoir face à la horde des péons enragés, ils jetaient leurs armes et s'enfuyaient à toutes jambes. Ceux qui ne détalaient pas étaient massacrés sur place à coups de pieux et de pierres. Nombre d'entre eux ne trouvaient finalement dans la fuite qu'un sursis de courte durée, car les péons, cachés dans les ruines, recroquevillés derrière la moindre butte de terre, aux aguets, leur tendaient des embuscades meurtrières dans toute la cité. D'autres se battaient jusqu'à leur dernier souffle, et dos au fleuve, ils reculaient progressivement, repoussés vers la rive sablonneuse. J'étais de ceux-là.

– Tayel ! Tayel ! Nous nous replions vers le fleuve ! criai-je de toutes mes forces.

Je voyais de dos le corps puissant et musculeux de mon époux qui abattait dans sa retraite de nombreux péons. Les deux guerriers qui se tenaient encore à ses côtés il y a quelques secondes gisaient sur le sol, les crânes fracassés par des jets de pierre.

– Tayel ! Tayel ! Ta…

Pour la première fois depuis le début de notre histoire d'amour, je perçus un signe de faiblesse dans la posture de mon puissant époux. Le titan fier et terrible fléchissait, les épaules basses et tombantes. L'échine courbée, le dos vouté, ses membres tremblants semblaient fébriles. Repoussant toujours les hordes de péons, il tourna légèrement sa tête vers moi. Ses yeux semblaient éteints, son regard brumeux plongé dans le vague, les traits de son visage livide annonçaient une rupture proche.

– Leyla ! Sauve ta vie, sauve-toi ! Nous n'y arriverons pas, hurla-t-il à bout de forces.

À cet instant, impuissante, je vis avec effroi une dizaine d'assaillants faméliques et hystériques se jeter sur le corps massif de mon époux, et les regards animés d'une flamme haineuse et cruelle, lui percer la poitrine et les membres à coups de pieux. La tête toujours tournée vers l'arrière, son regard se voila peu à peu et devint vitreux. Enfin, couverte de sang, transpercée, la montagne s'effondra lourdement sur le sol dans un bruit de tonnerre.

La bouche et les yeux grands ouverts dans une expression de stupeur et de tristesse, prostrée, la gorge et les entrailles serrées par une étreinte glacée, je vis les assaillants s'acharner avec une rage folle à coups de griffes et de pierres sur le corps sans vie de mon époux. Autour de moi, les guerriers qui avaient reflué vers le fleuve subissaient une grêle de pierres et de projectiles coupants. Les eaux tourbes et troubles se teignirent de pourpre.

Mue par la dernière flamme de mon instinct de survie, l'ultime source d'énergie qui restait encore en moi, je jetai alors mes armes sur la rive, et tournant le dos au combat, je plongeai à mon tour dans les vagues brunes du fleuve. Utilisant toute la *stamina* qui me restait dans cet effort suprême, je nageai de toutes mes forces, tandis que derrière moi, sur la berge, les derniers guerriers s'écroulaient dans l'eau rouge écumante. La fatigue, l'effroi, la tristesse, la stupeur, le vacarme et le fracas de la bataille m'avaient rendue folle. Je n'entendais plus rien, je ne voyais plus rien, haletant, frappant la surface de gestes violents et désordonnés. Ma fuite éperdue me conduisit jusqu'aux pontons de la Ville-Haute, loin du tumulte des combats, là où les barques qui avaient survécu à la tempête se balançaient calmement sur les vaguelettes du fleuve, indifférentes au massacre qui avait lieu dans la cité. Dans un dernier effort, j'attrapai le rebord d'une des embarcations, et je me hissai à bord, me laissant rouler au fond d'un large canot. Trouvant refuge sous un tas de toiles, de couvertures, de paniers en osier et de cordages, épuisée et rendue folle par les évènements, perdue loin du fracas des combats, sanglotant amèrement ma lâcheté, notre défaite ainsi que la perte de Tayel, je me laissai sombrer dans un sommeil profond, rempli de cauchemars terrifiants.

Chapitre 6 – La Ziggourat assiégée

Lars

Pour la première fois depuis plusieurs mois, j'avais pris une bonne décision, et cela m'avait très certainement sauvé la vie.

Après le passage de la tempête qui – malgré les ravages qu'elle avait causés – avait au moins eu pour effet positif de faire fuir mon épouse sauvage, je m'étais retrouvé dans un champ de ruines. Debout au milieu des cabanes fracassées et de la terre labourée et lessivée par le vent et les eaux, j'étais resté ainsi quelques minutes, hagard, sous le choc, à la fois surpris et heureux d'être encore en vie. Mon regard s'était alors porté vers la structure massive et imposante de la Ziggourat qui s'élevait devant moi, arrogante et insultante de solidité au milieu du marais de débris et de cadavres qu'était devenue en l'espace d'un instant la ville de Casa-Verde. Sans hésiter, d'un pas décidé, je m'étais donc dirigé vers le grand escalier de pierre, détrempé, ruisselant d'eau et d'algues spongieuses, qui menait à la première terrasse. Et c'est là, surplombant la ville ravagée, que je m'étais accoudé à une corniche de granit humide et que j'avais assisté à la grande révolte des péons.

D'abord surpris, mais plus curieux que choqué, j'avais suivi d'un œil attentif et neutre les premières étincelles du soulèvement des esclaves, qui en quelques minutes s'étaient transformées en une gigantesque tempête de feu vengeresse. Sous mon regard calme et grave, une clameur de rage s'était élevée au-dessus des ruines spongieuses de la cité. Au milieu des huttes jetées au sol, dans les ruelles gorgées d'eau et de vase, sur les places détrempées, les péons s'étaient jetés sur les membres des castes privilégiées, mus par une force inédite et une violence légitime nourrie par des années de servitude.

Tout autour de moi, les élites qui se trouvaient sur les terrasses de la Ziggourat se massèrent pour suivre avec effroi le bain de sang qui avait lieu en contrebas. Surplombant ce spectacle de leurs regards effarés, dans lesquels pour la première fois se lisait le doute, les mains portées à leurs visages en signe de désespoir et d'angoisse, ils se lamentaient et couinaient, ne comprenant pas comment leur petite société parfaite et harmonieuse avait pu donner lieu à un tel débordement de rage.

Bientôt, les combattants qui avaient tenu leur position le plus longtemps possible reculèrent devant les assauts enragés des péons, et petit à petit la ligne se désintégra dans un mouvement de fuite. Une panique générale s'empara de tous, et nous vîmes avec stupeur les survivants refluer en masse vers la Ziggourat et se jeter avec l'énergie du désespoir à l'assaut du grand escalier en pierre qui menait aux étages. Bientôt, des centaines puis des milliers de combattants en fuite, vaincus, démoralisés, envahirent les terrasses où s'agglutinait déjà la foule des élites qui avait assisté d'en haut à toute la bataille. Ceux qui furent rattrapés par les péons, ou qui s'étaient retrouvés isolés dans les ruines de la ville, traqués et débusqués telles des bêtes sauvages, furent impitoyablement massacrés sur place.

Heureusement, les guerriers Yanomami et les bourreaux qui avaient réchappé purent se ressaisir et former une ligne de défense, un rempart solide en travers du grand escalier. Ils étaient prêts à jeter à bas de la Ziggourat tous les péons qui tenteraient son ascension.

Ces derniers, par ailleurs, devenus maîtres de toute la cité, ne tentèrent pas l'impossible et ne poursuivirent pas les survivants au-delà des premières marches de l'escalier. Ils avaient déjà, par leur courage, la soudaineté et la puissance de leur attaque, chassé les élites, les guerriers et les bourreaux de la cité en ruines, et tous ceux de leurs ennemis qui n'avaient pas été massacrés, se terraient maintenant sur les terrasses, sur les marches et dans les alcôves de la Ziggourat. Il suffirait d'en faire le siège, et d'interdire toute sortie à ceux qui y avaient trouvé refuge. Ainsi, pour la première fois depuis la fondation d'*Utopia*, les rôles étaient inversés. Les bourreaux et les élites étaient entassés, prisonniers de leur pyramide de pierre, tandis que les péons avaient gagné leur liberté.

Pendant de longues heures, de puissants cris de joie, de victoire et d'espoir s'élevèrent avec force et chaleur des milliers de poitrines enthousiastes, se mêlant en une clameur vibrante, fière et conquérante, qui s'éleva haut dans le ciel, sonnant à nos oreilles comme le glas assourdissant de notre civilisation.

– Lars ? Tu as survécu aux combats ? murmura une voix timide.

Surpris, je me détournai de la balustrade pour trouver derrière moi Artémis, debout, au milieu d'une foule gémissante et désespérée. Son regard était sombre et voilé, son visage au teint cireux et aux traits fatigués, était marqué par la tristesse et l'épuisement moral et physique. Elle avait certainement pris part aux combats, car l'un de ses bras, strié de marques sanglantes, était maintenu en écharpe par un châle pourpre. Mais bien que blessée, exténuée, choquée et désespérée, Artémis était toujours une femme très belle et très désirable. Les efforts et les épreuves de ces dernières heures avaient même apporté à sa beauté quelque chose de pathétique et de touchant. La guerrière puissante, cynique, cruelle et impitoyable, était redevenue humaine.

– Non, je n'ai même pas combattu, répondis-je, un peu gêné, et aussi un peu troublé par cette femme, qui malgré l'humiliation cruelle et déshonorante qu'elle m'avait infligée par un jeu cynique, suscitait toujours chez moi l'intimidation et le désir. – Après la tempête, j'ai jugé bon de trouver refuge dans le seul endroit que les vents et l'eau avaient épargné… j'ai… j'ai… assisté à tous les combats depuis cette terrasse.

Je vis avec surprise le visage d'Artémis s'illuminer d'un sourire en coin, et son regard sombre et vague brilla d'une chaude tendresse. Elle s'avança de quelques pas vers moi, et dans un geste infiniment sensuel, elle posa sa main valide sur mon épaule.

– Tu as fait le bon choix en ne songeant qu'à sauver ta vie, murmura-t-elle en plongeant son regard dans le mien. Je ne sais pas combien de temps ce bastion tiendra, et je ne sais pas si les péons vont se lancer à l'assaut de nos marches de pierre. Mais je suis heureuse de te savoir en vie.

Cette femme m'avait d'abord séduit, puis elle m'avait cruellement humilié, déshonoré, me soumettant par jeu et sans aucune pitié à une cérémonie dégradante, me forçant à l'avilissement sous les yeux moqueurs des milliers de citoyens de notre cité. Et maintenant, elle s'avançait vers moi, pitoyable, blessée, mais encore terriblement belle, afin de me séduire à nouveau.

– Je ne comprends pas, murmurai-je d'un ton sec, les sourcils froncés en une grimace de colère. À quel jeu joues-tu encore ?

Ses yeux se mirent alors à briller, de plus en plus humides et miroitants. Puis, de lourdes larmes commencèrent à couler sur ses joues, son visage et son regard offrant à ma grande stupeur un masque de désespoir et de douleur sincères.

– J'étais une jeune femme ambitieuse, méchante, cruelle, sanglota-t-elle d'une petite voix de fillette implorante, le cœur serré, la gorge nouée. Je ne cherchais qu'à devenir une guerrière puissante et impitoyable, afin d'être digne de l'héritage de ma mère et des égards de Gaïa. J'ai beaucoup joué avec les gens, j'ai provoqué beaucoup de drames, et cela m'amusait, cela m'enivrait même, car ces démonstrations de ma cruauté nourrissaient mon sentiment de toute-puissance et participaient à mon élévation. Pour moi, la vie des autres, leur souffrance, leur désintégration, leur avilissement ne comptaient pas. Seules importaient ma domination et ma gloire. J'étais prête à trôner sur une montagne de cadavres, entourée de hordes d'esclaves dociles et misérables, simplement parce que voir la souffrance et le désespoir des autres attisait la conscience que j'avais de mes propres pouvoirs.

Elle marqua une pause et ravala un lourd sanglot. Touché par cette démonstration inattendue de lucidité et de sincérité, je saisis délicatement son visage de mes deux mains, comme si je tenais quelque chose de fragile.

– Mais cette révolte m'a ouvert les yeux. La rage, la vengeance et la colère des péons sont légitimes et justes. Nos parents ont fondé *Utopia* sur la base d'un projet égalitaire et harmonieux, où tous les êtres vivraient heureux et sans peur ni de la souffrance, ni de la maladie, ni de la mort. Mais au lieu de cela, nous avons créé un enfer, plus dur, plus injuste, plus inégal et plus cruel que les sociétés capitalistes que les membres de l'Ordre de Gaïa avaient décidé de fuir. Nous avons ruiné et gâché leur rêve d'égalité et d'harmonie pour engendrer un enfer de souffrances et de servitude pour la grande majorité de nos frères et de nos sœurs.

– Mais il est encore temps de changer les choses ! hurlai-je. Il est encore temps de tout réparer et de refaire d'*Utopia* le paradis qu'elle aurait dû être. Toi seule peux changer les choses ! Tu es la fille de Jenyfer Swinton ! Si tu décides de bâtir une cité juste, tout le monde te suivra, tu as ce pouvoir !

Un instant, je vis une lueur d'espoir briller dans les grands yeux humides d'Artémis, et un léger sourire se dessiner sur son visage inondé de larmes.

Mais tout à coup, une ombre passa sur nous et nous enveloppa.

– Laisse donc mon épouse, et va retrouver la tienne ! déclara une voix forte et moqueuse.

Détachant mes mains du visage d'Artémis, je me retournai lentement, et nous levâmes tous les deux les yeux vers Bororo, qui se tenait tel un colosse de bronze au-dessus de nous, debout sur la corniche. Le guerrier titanesque nous surplombait, son corps puissant et solide se découpant sur le ciel telle une vaste ombre malfaisante. Il nous toisait d'un regard cynique et méchant. Sa peau était marquée d'entailles, et il tenait dans sa main droite une lourde massue imbibée jusqu'à la garde d'un sang noir et poisseux.

– N'oublie pas que nous sommes très différents, continua-t-il à persifler. Moi je suis marié à la fille de Jenyfer Swinton, la plus belle et la plus terrible des guerrières de Casa-Verde. Toi tu es uni à un paresseux femelle, une infâme petite boule de poils animale. Éloigne-toi donc de mon épouse, et va retrouver cette créature afin de lui faire des enfants hybrides.
– Je n'ai pas touché cet animal. Elle s'est enfuie pendant la tempête, murmurai-je d'un ton aigre, les mâchoires serrées dans une expression de rage contenue, les poings crispés, levant vers Bororo un regard noir plein de haine et de rancœur.
Bororo éclata alors d'un rire tonitruant, jetant en arrière sa large tête dans une expression de moquerie et de mépris. Ses muscles d'acier tressautaient d'enthousiasme.
– Alors, n'ai pas peur, nous te trouverons facilement une nouvelle compagne. Une femelle tapir, chimpanzé, fourmilier ou bien encore tamanoir, ne sois pas impatient, l'un de ces mammifères sera bien digne de toi ! À moins que tu ne souhaites t'essayer aux volailles ou aux reptiles ?
Tremblant d'humiliation, je ne pouvais plus contenir la colère et la haine qui bouillonnaient en moi. Laissant exploser ma rage dans un débordement de violence, je poussai un profond et puissant cri de bête sauvage, et d'un geste brutal dans lequel je déversai toute ma force, je dégageai les deux jambes du colosse qui se dérobèrent sous son corps massif.
Privé de ses appuis, déstabilisé, Bororo tomba en avant sur la rambarde de pierre sur laquelle sa tête vint s'éclater dans une gerbe de sang et d'os, puis son poids l'entraîna dans le vide et il disparut de notre champ de vision. Finalement, sans un cri, Bororo alla s'écraser dans un bruit mat au pied de la Ziggourat.

***

Damien

C'était fini, nous avions remporté la victoire ! Les élites et les guerriers que nous n'avions pas massacrés s'étaient enfuis dans un grand mouvement de panique, et ils avaient trouvé refuge sur les terrasses et dans les alcôves de pierre de la Ziggourat, dont nos troupes commençaient à faire le siège. Et alors que quelques heures auparavant encore, nous désespérions dans les ruines dévastées par la tempête, la rage et la douleur avaient attisé le feu de notre révolte, et dans un sursaut inédit de courage et de violence, nous avions gagné notre liberté.

Lorsque les derniers ennemis avaient soit péri, soit gravi à toute hâte les escaliers de pierre de leur ultime refuge, nous poussâmes tous un puissant cri de victoire, brandissant nos armes et nos poings vers le ciel. Une clameur se souleva et se répercuta loin, dans la forêt humide et sur les berges du large fleuve.

Puis rapidement, sans pour autant faire taire le bonheur et la fierté qui nous saisissaient de leur douce chaleur, nous nous mîmes en action, afin d'organiser notre nouvelle vie maintenant que nous avions retrouvé notre liberté.

Un tiers des péons survivants s'attelèrent à la tâche douloureuse, mais indispensable, d'enfouir les cadavres qui gisaient partout dans les ruines de la cité (nous en dénombrâmes plus de cent mille, victimes à la fois de la tempête et des combats). Les péons qui enterraient leurs frères et sœurs dans la vase spongieuse et l'argile des marais avaient le cœur lourd, la gorge serrée, et une ombre grave et triste voilait leurs visages. Malgré la joie infinie d'avoir gagné leur liberté, ils payaient durement le prix de la victoire. Cependant, les cadavres de nos ennemis furent aussi traités avec respect, et aucun acte de vengeance ne fut à déplorer. Dorénavant, nous aspirions tous à la paix et à la tranquillité.

Un tiers des survivants entamèrent le siège de la Ziggourat, formant une ligne de défense tout autour, leurs armes et leurs regards tournés vers les escaliers et les terrasses de pierre. Pour le moment, il n'était nullement question de tenter un quelconque assaut. Trop des nôtres avaient déjà péri. Mais les combattants-péons s'assureraient qu'aucun guerrier ni aucune élite ne s'échappe de leur bastion de pierre, où entassés par milliers, ils ne tarderaient pas à souffrir de la faim, de la soif et de la promiscuité.

Enfin, Esther et moi nous joignîmes au dernier groupe, qui se dirigea vers la forêt, afin d'y récolter les ressources nécessaires à l'amélioration de nos conditions de vie. Ainsi, pour la première fois depuis la fondation d'*Utopia*, dans une farandole d'enthousiasme et d'optimisme, des fruits, des plantes, du bois de construction et de chauffage furent prélevés pour nos besoins. Les péons se livrèrent aussi aux joies et à l'excitation nouvelles de la chasse et de la pêche.

Lorsque la nuit tomba, enveloppant la forêt de son ombre inquiétante, un millier de petits points lumineux scintillèrent dans les ruines de la cité, illuminant l'obscurité d'une lueur chaude et douce. Au-dessus des foyers réconfortants, qui faisaient danser sur les visages fatigués des péons un halo fauve et or, s'élevèrent les odeurs familières et les fumets appétissants de viandes et de poissons cuits ; des saveurs que certains d'entre nous n'avaient même jamais goûtées. Les échanges et les discussions pleines de joie et d'espoir étaient ponctués par le crépitement et le craquement chaleureux des branches de bois qui se consumaient, de même que les bruits de mastication gourmands de nos appétits voraces, enfin rassasiés.

– Et maintenant, qu'allons-nous faire ? demanda un jeune homme qui mordait gloutonnement dans la chair tendre et rose d'un poisson.

La cinquantaine de péons qui étaient assis autour de notre foyer échangèrent des regards dubitatifs et amusés.

– Je suppose que nous allons enfin pouvoir quitter cette cité et cette forêt, répondis-je sur le ton de l'évidence.

Esther tourna alors vers moi un regard plein de tendresse et d'espoir, un sourire amoureux flottant sur son beau visage.

– C'est sûr, mais peut-être que certains choisiront de rester ici, et de rebâtir une civilisation juste et harmonieuse, sans retomber dans les excès du totalitarisme d'*Utopia* ? hasarda une jeune femme qui croquait avec appétit dans le cœur charnu d'une mangue juteuse.

– Pour nous deux en tout cas, le choix est fait, nous partirons, murmurai-je, le regard perdu au loin.

– Combien de barques sont encore utilisables après la tempête ? demanda Esther.

– Une quarantaine de canoës et de radeaux n'ont pas été détruits par la furie des flots et du vent, répondit un petit garçon, qui pour la première fois de sa vie goûtait la viande cuite avec un appétit vorace.

Le jeune faune tourna vers sa mère un visage dégoulinant de jus de viande, illuminé par un sourire espiègle et de grands yeux scintillants de bonheur. La jeune mère posa sur son enfant un regard plein de tendresse et d'amour.

– Nous pouvons donc organiser un premier voyage pour environ trois cents personnes, murmura-t-elle d'une voix douce.

– Oui ! renchérit un vieil homme enthousiaste, et donnons la priorité aux enfants et à leurs parents, aux femmes enceintes et aux malades.

Esther blottit tendrement sa tête contre mon épaule, les mains posées sur son ventre légèrement bombé.

– Devrions-nous remonter, ou bien descendre le fleuve ? demanda une jeune femme famélique.

– Le remonter nous fera nous heurter à la cordillère des Andes, répondis-je. Nous ne sommes pas équipés pour traverser ces montagnes abruptes et ces sommets enneigés. Redescendons-le tranquillement jusqu'à la grande ville tropicale de Manaus. Cela devrait nous prendre une à deux semaines.

– Très bien ! déclara le vieil homme. En attendant, les péons qui resteront sur place pourront reconstruire la ville, semer et planter la terre, améliorer la vie ici. Peut-être que beaucoup d'entre nous ne souhaiterons plus quitter cet endroit ?

– Et que faisons-nous avec ceux des guerriers et des élites qui ont survécu et qui ont trouvé refuge sur la Ziggourat ? demanda une jeune adolescente à l'air soucieux.

– Laissons-les pourrir, entassés sur leurs terrasses et dans leur prison de pierre ! déclarai-je avec entrain. Nous avons formé une ligne de défense autour de la Ziggourat, qui empêche quiconque de sortir. Nous avons de l'eau, de la nourriture, et bientôt des abris. Nos conditions de vie ne vont aller qu'en s'améliorant, tandis que ces êtres cruels qui nous ont réduits en esclavage vont connaitre à leur tour les affres de la faim, de la soif, de la maladie, de la promiscuité et de la souffrance. Laissons-les crever à petit feu dans leur Ziggourat, et sombrer un à un dans la folie.

– Ne vont-ils rien tenter contre nous ? Une sortie désespérée ? continua la jeune femme soucieuse, la gorge serrée par l'émotion et l'appréhension.

– Nous les attendons ! rétorqua une vieille femme, toute ridée et flétrie comme un légume trop mûr. La majorité des guerriers et des élites dorment dans des cercueils d'argile et de glaise. Les survivants ont jeté leurs armes dans leur fuite éperdue. La Ziggourat est remplie d'une foule de blessés, de mourants et de gens désespérés, encore sous le choc de cette révolution et de l'effondrement de leur civilisation. Nous tuerons tous ceux qui tenteront de se frayer un chemin par la force hors de leur prison de pierre. Dorénavant, nous sommes les maîtres et ce sont nos captifs.

– Cependant, dans nos projets de reconstruction, nous aurions bien besoin des talents et des connaissances de certains de leurs agronomes, guérisseurs, sylviculteurs ou encore planificateurs. Si certains de ces spécialistes ont trouvé refuge sur la Ziggourat, nous pourrions les inviter à servir nos nouveaux projets et à fonder ensemble une nouvelle utopie, déclara la jeune mère en serrant son fils dans ses bras.

Ce dernier poussa un profond bâillement, et jeta dans les flammes les restes de la carcasse qu'il avait avidement rongée. Un instant, le feu en fut ravivé, le bois craquant et crépitant souleva une explosion d'étincelles d'or. Puis les longues langues jaunes et cuivrées se calmèrent, reprenant une taille normale. Repus, fatigué, les doigts encore tout chauds de leur premier contact avec la viande et les os brûlants, le jeune faune retourna dans les bras de sa mère, et se blottit tendrement contre son sein.

– Bah, nous verrons bien, déclara-t-il les yeux mi-clos, avant de bâiller une ultime fois et de sombrer dans un profond sommeil de quiétude.

Blottie dans mes bras, Esther s'était elle aussi assoupie, et ronflait doucement, une expression de sérénité et de confiance infinie sur le visage.

Posant mes yeux sur la femme que j'aimais, je la berçais doucement, sentant contre ma poitrine et mes jambes la pression délicate et légère de son corps.

– Patience, mon amour, demain nous ferons partie de la première équipe à embarquer sur les radeaux et à descendre le fleuve Amazone jusqu'à Manaus. Notre enfant naîtra libre, je t'en fais le serment.

Chapitre 7 – Un nouveau départ

Lars

– Nous devons à tout prix quitter la Ziggourat, et ouvrir des négociations apaisées avec les péons. Si nous restons croupir ici, nous serons tous morts dans quelques semaines.

Jenyfer Swinton se tenait debout devant moi, entourée de la vingtaine de prêtres de Gaïa qui avaient survécu. Dans la pénombre de cette pièce aux murs de pierre humide, sombre et basse, tous ces hommes vieux, naguère puissants, craints et respectés de tous, drapés avec orgueil dans leurs toges pourpres flamboyantes, tous me considéraient maintenant avec prudence et appréhension. Dans leurs visages émaciés, creusés, blêmes, encadrés de longues chevelures huileuses, leurs lèvres d'où jaillissaient d'ordinaire des sentences cruelles et des ordres terribles, restaient closes, silencieuses. Des tics nerveux faisaient trembler la peau grise de leurs visages blafards, et leurs yeux autrefois perçants et scintillants n'étaient plus que des billes sombres, froides et éteintes. Dans leur attitude avachie, leurs bras ballants, leurs regards de veaux morts, se lisaient la lassitude, le doute, la fatigue, et pour la première fois, une peur panique. Seule Jenyfer Swinton, plus grande, plus rêche et plus émaciée que les autres, avec son profil d'oiseau charognard, ses longs et beaux cheveux argentés et son regard qui transperçait les âmes et les corps, restait digne, ferme et droite. Le mépris et la colère suintaient de ses yeux sombres et hautains qui ne semblaient avoir de considération pour rien ni pour personne.

Heureusement, à mes côtés se tenait Artémis Swinton, plus belle et plus charismatique que jamais. Pourtant, ses yeux largement ouverts et humides, et un léger tremblement de ses membres montraient que la grande guerrière redevenait une petite fille intimidée et peu assurée en présence de sa mère.

Dernière nous, enfin, dans la pénombre de cette vaste salle de pierre, se pressait une foule compacte et dense, mais silencieuse et disciplinée, de femmes et d'hommes épuisés, hagards, affamés et désespérés. Ces élites, ces guerriers Yanomami, ces bourreaux, ces spécialistes, vétérinaires et sylviculteurs, généticiens et agronomes, démographes et planificateurs, qui avaient échappé à la révolte des péons et qui avaient trouvé refuge sur les pentes et les terrasses de la Ziggourat étaient maintenant plongés dans l'angoisse la plus profonde. Prisonniers de leur arche de pierre, dans la chaleur, l'humidité, la promiscuité, affamés et assoiffés, ils étaient maintenant prêts à tous les compromis afin de survivre. Certains d'entre eux comprenaient avant les autres que l'ordre inégal qu'ils avaient soutenu avait été profondément injuste, et qu'il était temps de refonder une nouvelle civilisation, basée sur le pardon, la liberté et la justice. Malgré les morts et les drames, de plus en plus de survivants comprenaient la révolte des péons.

– Nous t'avons fait gravir les échelons de notre civilisation, cracha Jenyfer d'un ton de fiel, me foudroyant de son regard noir et dur. Tu n'étais rien, Lars, et nous t'avons élevé au rang des élites. Et maintenant, tu nous proposes de pactiser avec ces traitres qui ont renversé des années de travail en quelques heures. Va les rejoindre si tu veux, mais ne nous force pas à trahir ce pour quoi nous avons choisi de quitter nos pays, notre désir de fonder ensemble une cité utopique !

– Une cité utopique ! m'emportai-je, les yeux injectés de sang, les muscles du visage crispés dans une grimace de colère et de lassitude. Arrêtons cette hypocrisie qui nous aveugle depuis les premières années ! Je ne veux pas croire que tu penses sincèrement et réellement avoir fondé une utopie dans ce coin de forêt tropicale qui est le nôtre. Nous avons créé un enfer, un enfer pour les centaines de milliers de personnes qui ont cru à notre paradis, et qui, ne suivant que leurs convictions, leur espoir et leur courage, sont venus nous rejoindre ici : ces centaines de milliers de femmes et d'hommes que vous avez réduits à l'état de péons, d'esclaves dociles et misérables, obligés de survivre dans la crasse, la peur, la faim, la soif, la maladie, forcés à travailler jusqu'à l'épuisement dans les chantiers de préservation de la forêt ; cette majorité d'êtres serviles et soumis, vivant dans la peur du fouet, de la hache, du scaphisme[1] et du cyphonisme[2]. Et pendant que ces hordes d'esclaves trimaient, proies faciles pour les insectes, les animaux et tous les dangers de notre forêt, nous, élites, habitions de belles demeures en pierre, étions vêtus de luxueux habits, nourris des meilleurs fruits, imposant à nos inférieurs des règles absurdes, implacables et cruelles, que nous nous autorisions à transgresser. Lorsqu'un péon, ivre de fatigue, écrasait par

[1] *(Antiquité)* Torture dans lequel le corps de la victime, à l'exception de la tête, des mains et des pieds, est enfermé dans une barque et dévoré par des insectes.

[2] *(Histoire)* Supplice du carcan, parfois doublé d'une enduction de miel pour attirer les insectes.

mégarde un scarabée, il était immédiatement mis à mort ; tandis que pour fêter ton soixantième anniversaire, Jenyfer, nous sommes allés cueillir sur les arbres des vergers les plus belles mangues, alors même que nos lois nous obligent à manger exclusivement des choses tombées des arbres. Je sais même de source sûre que les Yanomami partaient régulièrement en forêt s'exercer à la chasse et consommaient le gibier, tandis que les péons ne pouvaient être nourris que de graines, de racines et de fruits gâtés.

Un peu sonné par mon long monologue, je marquai une pause. Artémis leva alors vers moi un regard plein d'admiration. Dans un geste tendre et chaud, elle posa sur mon bras une main douce et délicate.

– Tu sais ce qui a détruit la planète ? attaqua alors Jenyfer, d'un ton calme et sévère, nous perçant toujours de ses yeux reptiliens. Ce n'est pas que quelques humains, bien conscients de leur impact sur leur environnement, prélèvent ponctuellement un peu de bois pour construire leurs huttes, quelques fruits et légumes pour nourrir leurs enfants, du gibier pour survivre aux hivers, du chanvre pour se vêtir. Les humains ont commencé à détruire la planète lorsqu'ils furent des millions, puis des milliards à revendiquer pouvoir consommer comme les élites le faisaient, et à accaparer à leur tour des quantités gigantesques de ressources naturelles pour atteindre eux aussi le bonheur matériel et une existence confortable. Si nous laissons à chacun le droit et la possibilité d'améliorer son confort individuel et son existence grâce à la nature, cela aboutira à un effet de masse qui détruira la planète. Là où quelques animaux tués dans le respect de la déesse Gaïa suffisaient à nourrir quelques élites, nous devrions en tuer cent mille fois plus pour alimenter tous les péons. Là où nous pouvons cueillir ponctuellement quelques fruits de nos vergers pour permettre à nos élites de goûter à la chair sucrée et douce des produits de la terre, il nous faudrait dépouiller des centaines de milliers d'arbres pour satisfaire la soif et la faim de nos péons. Laisser le droit à chacun d'améliorer son confort et de prendre ce qui lui est nécessaire pour avoir une existence heureuse, c'est livrer la nature au saccage de hordes avides et insatiables. Ainsi, si nous voulons la préserver, nous devons restreindre la liberté des masses, afin que leur impact sur l'environnement soit le plus limité possible, et réserver les plaisirs d'une vie douce à une élite limitée, consciente de vivre en harmonie avec Gaïa, et prélevant le strict nécessaire pour être heureuse. Il faut que la majorité se sacrifie et vive durement pour que la civilisation perdure, mais ne détruise pas la nature.

– C'est d'autant plus facile quand on impose ce sacrifice à d'autres personnes, et qu'on baigne dans le confort, la liberté et l'aisance, ironisai-je d'un ton amer. Qui peut croire sincèrement qu'une civilisation qui prêche l'harmonie, et qui est en réalité fondée sur une telle inégalité, peut perdurer ? Lorsqu'une minorité prive la majorité du droit à la vie et au bonheur, afin de justifier son bien-être tout en arrivant à se convaincre d'être dans son bon droit et d'avoir la conscience pure, cette hypocrisie doit éclater au grand jour.

Baissant un instant la tête de honte, je poursuivis d'un ton las et triste.

– J'ai moi-même été dans l'erreur. Bien que je visse l'inégalité fondamentale de cette société, j'étais moi aussi prêt à toutes les bassesses, ainsi qu'aux actes les plus cruels et les plus avilissants pour en atteindre le sommet. Mais je ne veux plus me mentir. Je ne veux plus fuir.

Dans une bouffée de fierté et de courage, je relevai de nouveau la tête, toisant Jenyfer d'un regard plein de défi et de détermination.

– Nous pouvons refonder une civilisation juste et utopique. Vivre en harmonie avec la nature ne signifie pas obligatoirement ne rien cueillir ni tuer. Les animaux s'entre-dévorent, les herbivores se nourrissent des plantes, les insectes et les charognards se repaissent des cadavres depuis la nuit des temps. L'essentiel est que l'être humain s'intègre dans ce cycle, sans prélever ni tuer plus que ce qui lui est indispensable. Nous pouvons essayer ! Nous devons essayer ! Nous l'avons déjà fait pendant des milliers d'années, jusqu'à ce que la course au gain, l'appétit de la consommation à outrance et de l'accumulation nous poussent à accaparer plus que le nécessaire. Nous vivrons confortablement, mais nous protégerons aussi cette forêt qui nous entoure de son écrin.

Derrière moi, j'entendis quelques mots et quelques cris d'approbation. Certains même se mirent à applaudir mes paroles certes simples, mais qui semblaient redonner un peu d'espoir à cette foule épuisée. Jenyfer plissa les yeux, son visage se creusa et se craquela de dizaines de rides profondes. Sans vaciller, elle continua à me toiser avec un air de mépris et de défi :

– Tu sais combien des nôtres ont été massacrés par les péons ? cracha-t-elle comme si elle projetait un venin mortel. Au moins vingt mille bourreaux et plus de mille citoyens d'élites sont morts dans cette révolte. Un quart des guerriers Yanomami ont perdu la vie, et plus de la moitié ont fui dans la forêt. Nous ne ferons pas la paix après ce bain de sang qui a lessivé notre cité.

– Les péons ont au moins autant souffert que nous, répondis-je calmement. J'ai pitié de tous ces morts, mais nous aurions pu l'empêcher, si nous n'avions pas réduit ces femmes et ces hommes à une telle misère qu'ils ont jugé n'avoir plus rien à perdre. Les guerriers Yanomami ont fui ? Nous les inviterons à prendre part à notre nouvelle alliance. Lorsqu'ils se sont joints à l'Ordre de Gaïa, au cours de la Croisade verte, leur combat était juste, vital même. Ces guerriers courageux se battaient pour la survie de leurs familles, de leurs villages et de leur culture, face à la destruction massive de leurs habitats par les prédateurs venus en hordes pullulantes de Brasilia. S'ils n'avaient pas lutté avec violence et avec courage, leurs forêts et leurs maisons auraient été brûlées par les pionniers avides de terres fertiles pour cultiver leur soja, leur blé, et arracher au sol ses richesses minérales. Puis, *Utopia* a transformé ces guerriers au mode de vie simple en un service d'ordre cruel, une police impitoyable, leur faisant croire que la survie de ce qu'ils avaient réussi à préserver, à force de courage et de luttes, n'était possible que s'ils menaient les immigrants-péons d'une main de fer. Nous rebâtirons une cité et nous commercerons paisiblement avec nos frères Yanomami. Nous leur montrerons que nous ne sommes pas comme ces pionniers venus des grandes métropoles qui ravageaient leur territoire, et que nous avons à cœur de vivre en harmonie avec eux. Nous aurons besoin de tout le monde, de tous ceux qui sont dehors et qui retrouvent petit à petit le goût à la vie et à la liberté ; de tous ceux qui sont réfugiés sur la Ziggourat, et dont les compétences techniques et intellectuelles sont essentielles à la reconstruction d'une nouvelle utopie. Et vous savez quoi ?

Le visage illuminé par un large sourire, les yeux pétillants de joie et d'espoir, je fis un grand pas vers Jenyfer, la toisant de toute ma hauteur et posant sur elle un regard espiègle. Surprise, la vieille femme recula en titubant, et leva vers moi de grands yeux effrayés. Je pouvais lire dans son visage l'incompréhension d'une femme dont tout l'univers venait de s'écrouler.

– Pour réaliser ce beau projet, nous n'avons pas besoin de vous.

Puis, sans dire un mot, je lui tournai le dos. Droit et fier, je pris le bras d'Artémis, qui se blottit contre moi avec chaleur et tendresse. La foule qui se massait autour de nous s'écarta, nous ouvrant un passage. Nous traversâmes rapidement cette salle basse et obscure, pour enfin jaillir à la lumière du grand jour. Un instant aveuglés par la blanche clarté qui tombait du ciel comme une pluie d'or, finalement, nous nous engageâmes sur le grand escalier de pierre dont nous descendîmes les marches avec détermination et fierté, suivis par la foule dense et bruyante des milliers d'élites qui avaient trouvé refuge sur la Ziggourat. Souriants, confiants, le pas assuré, entourés de cette masse de femmes et d'hommes regonflés par l'espoir, nous laissâmes derrière nous les prêtres de Gaïa et leur reine, abandonnés de tous, tétanisés, se lamenter et se décourager dans la pénombre glauque de leur prison de pierre. Au moment où, quittant le grand escalier, je posai à nouveau le pied sur la terre humide et noire, un sentiment d'appréhension rapide, fugace, mais intense, me saisit un instant. Déterminés, optimistes, Artémis et moi avions l'ambition de repartir sur des bases saines et pures pour recréer une nouvelle utopie. Mais nul ne savait avec quel enthousiasme les péons tout juste libérés de leurs chaînes accueilleraient nos projets, peut-être un peu trop naïfs.

Qu'importe, cela valait le coup de tenter quelque chose… nous devions réussir.

***

Leyla

– Nous allons pouvoir nous arrêter sur cette plage pour la nuit. Nous avons déjà parcouru une grande distance, et ce rivage sablonneux semble idéal pour accoster !

Immobile et silencieuse, dissimulée sous un tas de paniers, de couvertures et d'ustensiles divers, j'entendis les éclats de voix enthousiastes du petit groupe de péons qui se trouvaient à bord de l'embarcation. Dans l'obscurité, la chaleur étouffante, l'humidité oppressante et l'inconfort de ma cachette, j'avais depuis longtemps perdu le compte des jours, et je ne saurais dire combien de temps j'avais passé ici, les sens aux aguets et l'oreille tendue, craignant à chaque instant qu'un péon ne me découvre, recroquevillée sous l'amas hétéroclite qui me dérobait aux yeux des anciens esclaves.

Seule, tapie dans l'ombre, telle une araignée, n'ayant pour uniques compagnons que le bruit saccadé de ma respiration et la palpitation désagréable de mes artères et de mon cœur, je ressassais les évènements de ces derniers jours qui avaient provoqué en quelques heures l'effondrement de notre civilisation et de tout ce en quoi j'avais cru. Le souvenir et les images cruelles de la révolte qui avaient tout balayé, mes rêves et mon avenir, affluaient et refluaient dans ma tête comme une marée amère de bile haineuse, polluant tout mon corps avec le venin acide du regret, du désespoir et de la colère. Après m'être enfuie du champ de bataille, et après avoir trouvé refuge sous ce bric-à-brac inconfortable, j'étais tombée d'épuisement dans un sommeil profond et noir, hanté de cauchemars terrifiants. Et lorsque je me réveillai enfin, jetant courageusement un bref coup d'œil à l'extérieur, j'avais rapidement compris que tout était fini. Pendant plusieurs jours, je restai là, tapie dans mon antre, bercée par le roulis et le clapotis des eaux calmes du large fleuve sur lequel s'était lancée une flottille d'embarcations fragiles : les premiers péons à quitter Casa-Verde en quête d'un retour à la civilisation.

Pendant ces longues journées à attendre et à ne rien faire dans l'obscurité étouffante et la chaleur écrasante, j'entendais les échanges enthousiastes des péons qui chaque fois me perçaient la chair et l'âme telles des lances acérées. Et à mesure que ces discussions qui reflétaient à la fois le bonheur et l'espoir naïfs des anciens esclaves parvenaient à mes oreilles, ma rancœur, ma rage, attisées par un sentiment de lâcheté et d'impuissance, étaient décuplées, et je manquai de mourir, seule, ignorée de tous, suffoquée par ma propre colère. Les péons avaient détruit mon histoire, mon présent et mon avenir, et je devais leur infliger une dernière blessure, un coup ultime afin que leur bonheur et leur victoire ne soient pas complets.

L'embarcation vacillante continua à avancer. Puis soudainement je sentis un choc léger et tranquille, suivi par le crissement du bois glissant sur une surface meuble et granuleuse. Doucement, le bateau venait d'accoster sur une berge, où le groupe de péons avait prévu de passer la nuit.

– Tous à terre ! cette plage est vaste, toutes les embarcations vont pouvoir s'y échouer !

Les déclarations enthousiastes furent alors ponctuées des explosions liquides et des clapotis écumants des péons qui, excités tels des enfants en train de jouer, se jetaient à l'eau en poussant de grands cris de joie.

– Ioana, trouve quelques volontaires pour aller chercher du bois sec, afin d'allumer quelques feux. Simon et Angela, hier, vous avez démontré un vrai talent pour la pêche. Prenez quelques camarades avec vous, et lancez vos lignes dans le fleuve. Erika, Yeonsun et moi irons ramasser quelques fruits dans la forêt qui borde la berge sablonneuse.

– Soyez prudents, Damien, emportez quelques armes avec vous, et faites attention à là où vous poserez les pieds !

– Ne t'inquiète pas, Esther, nous reviendrons vite et ne prélèverons que le strict nécessaire. Inutile de passer des heures dans la forêt pour faire de larges provisions. Nous pouvons nous permettre de vivre au jour le jour. Reste te reposer sur la berge avec Alban, Diego, Pedro et Megumi. Vous êtes plus fatigués que nous, et Pedro n'est pas encore remis du coup qu'il a reçu pendant la bataille.

Tout autour de moi, sans se douter de ma présence, le groupe suivit les instructions et s'affaira, au milieu des éclats de rire, des discussions enjouées et des démonstrations de bonne humeur. Jusqu'à présent, nul n'avait décelé qu'une grande guerrière désenchantée et déchue se terrait tout près d'eux, tapie tel un serpent prudent, mais hostile, guettant l'instant au fond de son trou noir. Mais je savais que ma situation était précaire et dangereuse. À tout moment, les péons pouvaient décider qu'ils avaient besoin des ustensiles amassés à l'avant de l'embarcation. Bien qu'immobile et faisant un maximum d'efforts pour que ni ma respiration ni les crampes qui me faisaient atrocement souffrir ne dévoilent ma position, je n'étais pas à l'abri d'une erreur, d'un mouvement d'inadvertance, d'un écho suspect. Et puis, pensai-je, pourquoi me cacher indéfiniment ? J'étais embarquée contre mon gré dans un long périple sur le large fleuve ; la faim et la soif me tenaillaient depuis plusieurs jours, et ma gorge sèche et mon estomac douloureux m'arrachaient des larmes d'amertume. Je serrai les dents pour ne pas hurler. Rester ici était non seulement vain, inutile, sans objectif ni solution d'avenir, mais également intolérable.

Ainsi, lorsque le soir tomba enfin, et que les centaines de péons étaient réunis plus loin sur la plage, rassemblés joyeusement autour de grands feux crépitants desquels s'élevaient des fumets délicieux de légumes et de poissons cuits, je décidai de sortir de ma cachette. Les anciens esclaves, trop à leurs appétits gloutons et à leurs discussions rieuses dont les échos étouffés venaient jusqu'à moi, tournaient le dos au large fleuve noyé dans le noir épais de la nuit, et aux embarcations sagement échouées sur le sable.

Avec des gestes prudents et mesurés, silencieuse et feutrée, je déplaçai un à un les ustensiles et les paniers sous lesquels je m'étais cachée, et j'émergeai enfin à la fraicheur apaisante de la nuit tropicale. La caresse de l'air frais, revigorant, était tendre et agréable sur mon visage.

Une fois complètement libre de mes mouvements, je commençai à déployer prudemment mes membres crispés et engourdis par ces longues journées d'immobilité, sentant mes tendons et mes muscles assoupis reprendre douloureusement vie. Puis, une fois en possession de toute ma force, ayant bien sondé l'obscurité qui m'enveloppait afin de m'assurer que personne ne pouvait me voir, je me dressai finalement sur mes jambes, m'étirant de toute ma longueur afin de faire craquer mes articulations. Humant les senteurs humides et parfumées de l'eau, de la terre et de la forêt proche, offrant l'espace d'un instant mon visage et mon corps à la caresse agréable de l'air frais de la nuit d'encre, je savourai l'instant, mon potentiel restauré, ma liberté retrouvée. Après les heures sombres de la bataille, et le désespoir de ces jours passés dans l'ombre, j'étais de retour.

Toujours prudente, m'assurant d'un regard circulaire et aiguisé que l'obscurité autour de moi était vide, je posais ma main sur le bastingage de la poupe, et d'un saut agile et léger de panthère, j'entrai dans l'eau, sans un bruit, sans un remous.

– Mais, qui es-tu ?

Arrachée à mes songes et à la délectation de ma liberté retrouvée, je sursautai lorsque je vis devant moi une forme sombre qui, tapie dans un coin d'obscurité que je n'avais pas assez fouillé, se détachait lentement de l'ombre pour avancer vers moi. Les pieds campés dans le sable chaud de la berge, sa silhouette frêle se découpant dans la lumière cuivrée des feux qui scintillaient plus loin sur la plage à la lisière de la forêt, un homme me faisait face et me toisait, une expression de surprise, de méfiance et de stupeur dans le regard.

Choquée, tétanisée, le visage blême, je sentis une poigne froide et douloureuse s'emparer de mes entrailles, tandis que de ma gorge sèche et nouée, plus un son, plus un souffle ne sortait. Nous restâmes un instant à nous dévisager en silence, interdits, prostrés, le cœur battant, ne sachant comment réagir. Puis, sortant la première de cet état d'expectative, aiguillonnée par un sursaut de force et par un instinct de survie aiguisé, je bondis avec violence sur le péon, le bousculant de tout mon poids et le faisant choir sur le sable. L'homme, surpris par cette attaque inattendue, dos au sol, n'eut pas le temps de pousser un cri ni d'esquisser un geste, que déjà, assise à califourchon sur lui, je serrai son cou, écrasant sa gorge dans une étreinte violente. Dans l'obscurité, la lumière lointaine des feux découpant sur nos visages des ombres et des reflets pourpres terrifiants, je vis sa face grimaçante se crisper, se tordre de douleur et de rage. Ses yeux s'agrandirent de stupeur, sa langue pendait comme une large pièce de viande dans une masse écumante de salive, ses mains sans force tentaient de se saisir des miennes, sans parvenir à en desserrer l'étreinte. Serrant les dents, un éclair de haine dans les yeux, je plongeai mon regard dans celui de ma victime, saisie par un déchaînement de violence et de fureur.

Tout à coup, une douleur brutale et soudaine derrière le crâne, tel un coup de massue, m'arracha à ma tâche mortelle, et poussant un hoquet de surprise, je basculai sur le côté, lâchant le cou de ma victime. Avant que je ne comprenne ce qui m'arrivait, un autre coup me fut porté au front, et je basculai en arrière, m'écrasant lourdement sur le sable chaud. La tête bourdonnante, rendue folle, aveugle et sourde par la souffrance, mon regard se troubla et un voile de torpeur se posa sur moi. Affalée sur le sol, la tête jetée en arrière, je portais une main à mon visage où je rentrai en contact avec quelque chose de froid et d'humide refoulant une odeur métallique tenace. Je saignais. Dans le brouillard qui engourdissait peu à peu mes sens et ma vue, je distinguai tout autour de moi dans l'obscurité, les formes incertaines et agitées de dizaines de personnes venues porter secours à leur camarade, que je n'avais visiblement pas réussi à tuer. Des éclats de voix inquiets, colériques et angoissés résonnèrent alors, lointains, imprécis, masqués par les palpitations paniquées de mes artères.

– Diego a failli mourir !

– Diego, tu vas bien ? Dieu soit loué, cette folle ne t'a pas tué.

– Elle est là, Damien lui a assené deux coups de gourdins. Elle est allongée dans le sable.

– Je la reconnais, c'est Leyla, une des chasseresses de la Brigade des Amazones. Elle devait être cachée à bord d'une de nos embarcations.

– Elle était cachée à bord depuis la bataille, et elle a tenté d'assassiner Diego.

– Éliminons-la.

– … .

Ivre de douleur, je sombrai alors dans un coma profond, rempli de cauchemars.

***

Leyla

Lorsque je me réveillai dans le matin blafard, j'étais seule, abandonnée tel un vieux déchet rejeté par le fleuve, allongée dans le sable. Les péons avaient déjà quitté cet endroit, puisque toutes les barques avaient disparu, et qu'il ne restait plus aucune trace de leur passage, si ce n'est les restes calcinés des quelques feux allumés pendant la nuit.

Après le drame et ma tentative de meurtre de la nuit dernière, les anciens esclaves ne m'avaient finalement pas tuée. Pourquoi ? Je ne comprenais pas. Ils m'avaient laissée là, allongée sur le sable, solidement ligotée, sans moyen ni espoir de fuite. Mais ils ne m'avaient pas tuée. Ils avaient choisi de m'épargner. Une fois encore, j'avais survécu et Gaïa m'avait sauvée… Tout demeurait possible…

Je retournerai à Casa-Verde, je rebâtirai par la force et dans la violence une nouvelle civilisation, et je retrouverai le rang qui était le mien… Maintenant, j'en étais sûre. J'étais choisie, bénie par la lumière bienveillante de Gaïa. Mon heure n'était pas venue, car après le chaos et les enfers, un avenir radieux m'attendait. Ainsi, malgré mes entraves, malgré les cordes qui me serraient les membres, j'eus encore assez de foi pour illuminer mon visage d'un sourire optimiste. Tout redeviendrait comme avant.

***

Le corps de Leyla fut découvert deux semaines plus tard par la seconde flottille de péons qui avait quitté Casa-Verde pour remonter le fleuve. La guerrière avait été dévorée aux trois quarts par des bêtes sauvages qui avaient trouvé refuge sur la berge, et n'était plus qu'un amas sanglant et pourrissant d'os brisés, de lambeaux de chair et d'entrailles mastiqués, cuisant sous un soleil de plomb, dans une odeur fétide et pestilentielle. Déjà, des hordes d'insectes bourdonnants et des légions de larves nécrophages assaillaient les restes pourrissants de la grande chasseresse de Gaïa, qui jusqu'à son dernier souffle avait cru en son avenir radieux.

Ainsi, après des heures d'une lente et douloureuse agonie, morceau par morceau, son corps retournait progressivement à cette terre, que Leyla, petite-fille du grand prêtre Nathanaël, s'était donné pour raison de vivre, de protéger.

Épilogue – Enfer gris

Mes ancêtres quittèrent la forêt un matin de printemps, quelque part à l'aube du XXIIe siècle. Leur petit groupe monté sur une flottille de frêles embarcations avait remonté le fleuve large et paisible, jusqu'à ce qu'ils arrivent à la zone frontière où les eaux changèrent tout à coup de couleur. Les teintes naturelles et saines, délicat mélange de vert gris, d'ocre et de brun limoneux, prirent alors une couleur noire malsaine, irisée çà et là d'éclats mauves et améthyste. L'air frais et agréable, jusque-là parfumé des senteurs humides et végétales de la forêt luxuriante, se chargea en souffre, en cuivre, en fer et en émanations d'hydrocarbures, devenant une soupe infâme et pestilentielle que les évadés de la forêt vierge eurent bien du mal à respirer. Au loin, comme si un dieu titanesque pris de folie, armé d'une épée gigantesque, avait dessiné d'une ligne nette une séparation entre le monde de la forêt et le monde des hommes, la masse luxuriante et drue des arbres s'arrêtait, propre et nette. De l'autre côté de la frontière tracée par le feu et par les armes, pas un seul arbre ne poussait. Il n'y avait que de vastes champs plats et vides, qui s'étendaient jusqu'à l'horizon, telles des terres mortes et stériles. Dans ces immenses espaces nus, le blé et le soja cultivés à outrance avaient tué toute vie animale et végétale, si bien qu'après les récoltes, le paysage qui s'étendait à partir de la frontière ressemblait à un vaste désert. Au bout de ce désert, loin, là-bas, dans le fond de ce décor désolé, s'élevaient dans un nuage de pollution étouffant et pestilentiel les gratte-ciels gigantesques des arrondissements centraux de la grande ville tropicale de Manaus, aux pieds desquels les centaines de milliers de taudis infâmes faits de bric et de broc formaient une cité tentaculaire, dans laquelle étouffaient et croupissaient dix millions de citoyens entassés les uns sur les autres. Çà et là, au cœur même de la métropole surpeuplée et malsaine, les cheminées grises des usines et des centrales vomissaient dans l'atmosphère déjà saturée leurs nuages de suie mortels. Autour des quartiers riches, un peuple misérable de réfugiés climatiques hantait les ruelles étroites et sordides des bidonvilles, fuyant la pauvreté des littoraux ravagés pour n'en retrouver qu'une plus crasse et plus glauque dans cette ville suffocante. Pour cette population vivant dans des huttes de bidons et de tôle, les vastes décharges qui s'étiraient presque jusqu'au cœur de la cité étaient à la fois un terrain de jeu et un moyen de subsistance. L'eau, l'air, la terre, les hommes souffraient également de cette misère et de cette pollution terrifiante qui couvrait toute la zone d'un éternel voile gris nauséabond.

Les évadés de Casa-Verde avaient tous rêvé de fuir l'enfer vert d'*Utopia*, afin de retrouver la douceur de leurs foyers : les États-Unis, qui, malgré la montée des mers et la désertification du Midwest, étaient restés une grande puissance, portée par un esprit d'innovation et d'entreprise qui continuait à faire briller les yeux de millions de réfugiés climatiques ; l'Union est-africaine, qui avait fondé un empire prospère sur l'agriculture intelligente et les laboratoires biotechnologiques d'Addis-Ababa et de New Mombasa ; les grands plateaux riches en neige et en eau de la prospère République démocratique de Chine, qui abreuvaient efficacement la moitié du monde ; les navettes et les aéroglisseurs légers et aériens qui reliaient entre elles les fermes hydroponiques et les cités optimisées de l'archipel Sud-Est asiatique ; et puis bien évidemment les terres riches et tempérées de la puissante Fédération européenne, qui avait accueilli dans son giron protecteur les territoires à la vie douce et tranquille des plus anciennes civilisations méditerranéennes. Ils avaient aussi rêvé avec nostalgie de leurs foyers qui se trouvaient dans les autres espaces : la Confédération africaine australe, la Fédération du Grand Califat, le Canada, la Confédération d'Amérique Centrale, le Brésil, l'Union sud-américaine, l'Amitié australo-néo-zélandaise, les Trois Nations, la Novaya Russia, l'alliance ouest-africaine ou encore le Bhârat Ganarajya.

Mais le retour à la maison, tant rêvé, tant espéré, tant fantasmé, devait passer par la cité puante et moribonde de Manaus, cette caricature malsaine et infâme des pires traitements infligés par les hommes à leur planète. Cette montagne de déchets grisâtres, cet enfer gris, pollué, malade et surpeuplé, était une étape obligatoire afin de quitter l'enfer vert où ils avaient été réduits en esclavage.

Ce jour-là, les réfugiés de Casa-Verde arrêtèrent un instant leurs embarcations, et plongeant dans la contemplation mutique et silencieuse de ce spectacle catastrophique, chacun glissa un instant au plus profond de ses pensées où il s'enferma, en proie au doute, au désarroi et à un terrible conflit intérieur.

***

Mes ancêtres ne surent jamais que finalement la terre et la forêt furent lavées, purifiées de la tumeur cancéreuse que représentait encore la métropole tropicale de Manaus au début du XXIIe siècle. À la suite d'une décision commune du Brésil et de la Fédération européenne, comprenant que Manaus avait atteint un point de non-retour dans sa maladie incurable, la ville fut évacuée, sa population et ses richesses installées dans des territoires vierges et sains, où la main conquérante de l'homme pouvait encore avoir une action positive sur une nature en friche qui ne demandait qu'à être ordonnée avec amour et respect. Une fois ces femmes et ces hommes installés dans les terres verdoyantes et luxuriantes du plateau des Guyanes, Manaus fut rasée par une unique frappe thermique. En l'espace d'un instant, les usines polluantes, les immenses décharges infâmes et les taudis pourris, la pollution et les miasmes nauséabonds de cet enfer gris disparurent dans un éclair vif de chaleur et de lumière. Puis, lessivée de ces miasmes et de ses souillures, la terre noire et fertile fut ensemencée de milliards de graines nourricières qui allaient redonner à cet espace une vie nouvelle. Bientôt, la forêt luxuriante et verte recouvrirait tout, et plus personne ne se souviendrait qu'il fut un temps où des gens malheureux vivaient durement dans cet enfer gris.

Non, mes ancêtres ne surent jamais que dans le monde entier, les villes les plus polluées et les plus incurables étaient soignées, purifiées, afin que leur impact sur cette terre soit le plus léger possible. Partout sur la planète, dans un même élan, les femmes et les hommes faisaient reculer la pollution et les miasmes, ouvrant une nouvelle ère, que les historiens français de l'année 2500, toujours un peu ethnocentriques, baptisèrent le « Second siècle des Lumières ».

En effet, mes arrière-arrière-arrière (…) grands-parents, ainsi que leur groupe, ainsi que tous ceux qui avaient décidé de fuir Casa-Verde, décidèrent d'y retourner, préférant sans hésiter les défis archaïques et la pauvreté saine de l'enfer vert. Ensemble, à la force de leurs bras et de leur intelligence, portés par un esprit commun fraternel, mais aussi farouchement attachés à leurs libertés individuelles, ils bâtirent là-bas, dans un lieu secret, caché en plein cœur de la vaste forêt amazonienne, sur les ruines d'une cité humaine noyée dans un marécage humide, une civilisation nouvelle, basée sur le respect de la nature et sur l'amour des bonheurs simples. Inconnus de tous, bloqués quelque part à la frontière du Néolithique et de l'Histoire, ignorés des autres peuples de la planète qui faisaient leur révolution et se lançaient à la conquête des étoiles, les citoyens de Casa-Verde, anciens péons et Yanomami, ingénieurs et anciens bourreaux, bâtirent un endroit beau et pacifique, un lieu calme et prospère, un paradis vert, caché dans l'écrin d'une vaste forêt équatoriale, dans la boucle d'un large fleuve aux eaux claires et paisibles.

C'est grâce à leurs choix et surtout à leur foi et à leur courage sans faille, que j'ai aujourd'hui le bonheur de vivre ici, et que je peux, à mon tour, transmettre notre histoire à mes enfants, afin que le souvenir de la fondation de la belle civilisation de New Eden, sur les ruines des expériences passées, si cruelles, si violentes et si injustes, ne soit jamais oublié.

Courbevoie, le 7 juillet 2019

Maxime Sabeg

Table des matières

Printed by Amazon Italia Logistica S.r.l.
Torrazza Piemonte (TO), Italy

47007530R00057